HARMONIES

RÉPUBLICAINES.

PARIS. — IMPRIMERIE DE L, MARTINET, RUE MIGNON, 2.

HARMONIES

RÉPUBLICAINES

PAR

HENRI COZIC

(DE GUÉMENÉ).

Dieu et le Peuple.

PARIS

GUSTAVE SANDRÉ, LIBRAIRE

11, RUE PERCÉE-SAINT-ANDRÉ-DES-ARTS

—

1851

AVANT-PROPOS.

Ce livre n'est point écrit pour aligner des vers, ni pour oupirer des mélodies nouvelles. Il n'est plus l'heure d'abandonner son âme aux doux balancements de la poésie. Dans le mouvement qui nous emporte, ce n'est pas la lyre qui peut faire entendre sa musique, c'est le clairon ; car la guerre est aujourd'hui partout. Non plus guerre de parti à parti, Guelfes et Gibelins ; non plus guerre de peuple à peuple, Français et Anglais : mais guerre entre les idées et les faits, entre la raison et la foi, entre le droit et les codes ; entre les gouvernements et les peuples ;

a.

guerre implacable, car, si l'intérêt transige, le droit ne transige jamais ; guerre universelle, car, de l'ancien continent, elle déborde déjà sur le monde. Si bien qu'à l'heure qu'il est, il faut que la Révolution fasse justice de la vieille Europe, ou que la vieille Europe fasse justice de la Révolution. Dans cette crise suprême, qui peut uniquement songer à l'art, à la rêverie, à la solitude ? La poésie, qui est le miroir des temps, doit surtout réfléchir les grandes luttes de l'esprit humain ; le poëte, aujourd'hui, n'est donc qu'un soldat de plus dans la carrière, et, en descendant dans l'arène, il doit dire avec un ancien : Poëtes et musiciens, avant d'accorder nos flûtes, il faut accorder nos âmes, et après, nous chanterons pour le triomphe du bien ; nous chanterons pour mettre à nu l'imposture et pour couronner de fleurs la justice et la vérité (1) !

Ainsi nous avons pensé, ainsi nous avons voulu faire. C'est assez dire qu'il faut demander à ce livre, non des rêveries, mais des croyances ; croyances vives et profondes que nous défendrons avec l'ardeur et l'entraînement de la foi républicaine ; croyances que nous enseignerons à tous les déshérités de ce monde : car, au cri de notre conscience, à toutes les palpitations de notre être, nous sentons qu'il n'y a en nous d'autre amour que l'amour du bien, d'autre haine que la haine du mal que nous voyons faire.

Entre les deux mondes qui se repoussent, le monde de l'égoïsme cramponné au passé, et le monde de la fraternité dont nous saluons l'aurore, notre place a toujours été la même. Nous ne faisons donc que proclamer ici, hautement, ce que nous avons dit jusqu'à ce jour, dans le cercle étroit de la vie privée. A l'heure où nos maîtres sont persécutés, prisonniers ou proscrits, nous venons prendre place à la brèche ; et, à défaut d'autre mérite, nous serons fier de montrer encore une fois que, sur le champ de bataille des idées, les rangs emportés sont aussitôt remplacés, et qu'un pouvoir persécuteur ne fait que raviver sous ses coups les saintes flammes du sacrifice !

Histoire toujours vieille, et toujours nouvelle! Les violences d'aujourd'hui ressemblent aux violences d'hier; elles auront le sort de leurs aînées. De nos jours aussi, et peut-être avec plus d'emportement que jamais, nous avons vu la ruse, la peur, la haine et l'hypocrisie s'unir et se coaliser contre la majesté du peuple et l'éternité du droit.

Nous avons vu prêcher la croisade de l'ordre, pour faire croire à la folie de l'anarchie; nous avons vu faire grimacer le masque de la Religion, de la Famille et de la Propriété, en haine de la République; nous avons vu chercher un Monck sous les débris d'une monarchie tuée trois fois, comme si les trônes pouvaient se refaire avec des lambeaux d'oriflamme ou des friperies de césar!

Nous avons vu l'état de siége remplacer indéfiniment la loi; la police allonger partout ses doigts honteux; la liberté scellée, comme le livre aux sept sceaux de l'Écriture; l'égalité refusée à une *vile multitude* de trois millions d'hommes, et la fraternité menaçant de devenir, par les fureurs d'une réaction en délire, la fraternité de Caïn et d'Abel.

Nous avons vu cribler de flèches la Constitution, comme une cible ; flétrir comme une catastrophe le jour glorieux de notre réveil ; profaner la tombe de nos martyrs, et faire de Thrasybule l'ilote qu'on enivrait à Sparte pour dégoûter les enfants de la boisson !

Nous avons vu ces trois choses monstrueuses : la force légitimée, ce qui est un blasphème contre le Christ, qui n'a triomphé que par l'amour ; la misère justifiée comme une œuvre éternelle de Dieu, ce qui est un blasphème contre la Providence ; l'enseignement maudit, parce qu'il rend le peuple ingouvernable, ce qui est un blasphème contre l'intelligence, qui vient de Dieu !

Nous avons vu, dans toutes les positions, par tous les moyens, et avec les ressources immenses d'un pouvoir formidable, persécuter les républicains et bafouer la République, pour ramener la France au passé et lui

dire , comme au roi barbare : Brûle ce que tu as adoré,
et adore ce que tu as brûlé !

En présence de ces colères inouïes, nous n'avons pu rete-
nir l'élan de notre âme, et nous avons écrit ces *Harmonies
républicaines*. Nous sentons profondément que nous ne
sommes rien dans la mêlée universelle. Seulement, à notre
place obscure, nous ferons, simple soldat, ce que font avec
éclat les grands capitaines. D'ailleurs, chacun le sent et le
voit aujourd'hui, les hommes sont peu de chose dans un
siècle où les idées sont tout. Mais dans ce duel décisif entre
le passé et l'avenir, si la Providence a réservé à chacun sa
tâche, nous tenons à remplir la nôtre dans la mesure de nos
forces, dans l'humilité de notre rôle. Nous montrerons,
avec l'aiguillon du vers, que les réactions n'ont qu'une
éphémère puissance et que la compression n'a jamais perdu
que ceux qui lui ont demandé des armes. Nous montrerons
que les gouvernements, en se faisant une vie et un intérêt
propres, en dehors de la vie et des intérêts des sociétés,
n'ont jamais su que mériter l'anathème de Pascal : « Jusqu'à
présent, les gouvernements n'ont fait que justifier la force,

dans leur ignorance de fortifier la justice ! » Nous montrerons que le progrès n'est pas une chimère, que le génie ne relève pas du glaive, et qu'un homme pèse moins qu'un peuple dans la balance des destinées humaines. Nous montrerons que le mouvement est la loi de la vie, que le travail est le fondement de toute société ; et que la science et la civilisation, unissant de plus en plus les hommes, nous donneront, en dépit des gouvernements et dans un avenir prochain, le conseil suprême des États-Unis d'Europe. Nous montrerons enfin, car ceci est la pierre à laquelle on se heurte dans toute notre histoire, nous montrerons qu'un pouvoir, en s'étayant sur la pointe des baïonnettes, ne fait que manifester sa faiblesse, son impuissance et son crime : sa faiblesse, car il montre qu'avec toutes ses forces il ne peut lutter contre une idée ; son impuissance, car en persécutant les hommes il ne peut avoir l'orgueil de déraciner leurs doctrines ; ce serait l'erreur du bûcheron qui, en coupant l'arbre, s'imaginerait détruire la séve qui l'a produit ; son crime enfin, car il y a toujours dans la plainte de celui qui souffre un levain de vérité impérissable, et il y a deux mille ans que, sur une colline bénie par les générations, le

Juste est mort sur le gibet, pour aplanir les montagnes, combler les vallées, et voir l'Humanité se reposer dans la paix, la justice et l'amour !

Paris, 22 septembre 1851.

AU PEUPLE.

Il est à toi, Peuple, ce livre
Qui bénit ton nom tant de fois,
Cri de mon âme où tu vas vivre
Avec ton cœur, avec ta voix !
Il est à toi comme un atome
Pris, en passant, à tes faisceaux,
Comme à la plante son arome,
Et comme à l'arbre ses rameaux !

Il est à toi, car des misères,
Pour t'aimer, j'ai senti le poids,
Et je sens battre en mes artères
Le sang qu'on verse pour tes droits !
Ainsi que toi, je hais les glaives
Qu'on fait, hélas ! luire en tout lieu,
Et dans l'Éden qu'ont vu tes rêves
Je vais aussi chercher mon Dieu !

Ce Dieu d'amour, âme féconde,
Est le Dieu de l'humanité,
Qui de l'outil, sceptre du monde,
Doit consacrer la royauté !

Le Dieu qui, d'un règne éphémère,
Va détrôner bientôt Babel,
Et convier enfin la terre
Au même temple, au même autel !

A toi, Peuple, à toi donc la page
Où j'aime à répéter tes chants,
Et pardonne si cette image
Affaiblit tes pensers touchants !
Quand il gémit, quand il soupire,
Ah ! tu le sais, dans ses efforts,
L'humble instrument ne peut traduire
Le grand orchestre aux grands accords !

HARMONIES

RÉPUBLICAINES.

VIVE LA RÉPUBLIQUE !

Confregit in die iræ suæ reges.

LES PSAUMES.

Les dieux s'en vont ! Ce cri que l'homme révolté
Jetait au nom du Christ et de la liberté,
Anathème vengeur qui fit, dans un autre âge,
Tomber le joug usé de l'antique esclavage,
Ce cri des opprimés revient, comme autrefois,
Ainsi qu'un glas funèbre, épouvanter les rois !
La terre se réveille ! Elle voit ses mensonges,
Et quitte en frémissant le vieux lit de ses songes.
Les yeux sont dessillés : la gloire des soldats
N'efface plus le sang versé dans les combats ;
La vertu, sans porter son encens aux idoles,
Sans parer les autels de guirlandes frivoles,
Embrasse enfin la terre, et, nous montrant les cieux,
S'élève en déchirant le voile des faux dieux.
Rome où, pour s'abriter sous la sainte tiare,
La foi des anciens jours avait placé son phare,

Où le prêtre, croyant saisir la vérité,
A l'ombre des autels rêvait l'éternité,
Rome, la ville sainte, au bruit de nos conquêtes,
Sent passer sur ses murs le souffle des tempêtes,
Et revoit sous ses pieds s'ouvrir à ses regards,
Pour ses pontifes-rois, le tombeau des Césars !
Deux fois Rome aura vu ses propres funérailles ;
Enfin, pour terminer nos dernières batailles,
Les rois, fils de l'Orgueil, qui semblaient, fiers Titans,
Sur leurs trônes de fer braver les coups du temps,
Les rois, vaincus, brisés, couverts d'ignominie,
Dans les convulsions de leur lente agonie,
Sous le genou du peuple ont vu depuis trente ans
S'agiter sans espoir leurs membres palpitants.
Rien n'a pu les ravir aux foudres populaires,
Ni les nœuds étouffants des chaînes séculaires,
Ni les philtres impurs des viles passions
Que les Circés des cours jettent aux nations,
Ni le glaive de feu du géant des batailles,
Rien, rien n'a pu changer l'heure des funérailles ;
Et tous, rois, empereurs, malgré leurs bataillons,
Vingt fois découronnés par l'émeute en haillons,
S'en vont, au gré des vents qu'a déchaînés leur crime,
Se perdre pour jamais dans l'éternel abîme,
Ainsi qu'au sein des mers ces pâles matelots
Qu'emporte en se jouant la colère des flots.
Oui, partout, sous la main des viles multitudes,
S'écroule le rocher des vieilles servitudes.
Mais sur tous ces débris, dans ce grand tourbillon,
Le monde émancipé suit un autre sillon ;

De ce chaos s'échappe une aurore nouvelle,
Et pour suivre la route où le droit nous appelle,
Voyez à l'orient, à l'occident, partout,
Si les rois sont tombés, les peuples sont debout !

Les peuples sont debout ! En dépit des faux sages,
En dépit des écueils qu'ont bravés nos orages,
En dépit de l'erreur et de tous ses bandeaux,
L'Europe voit enfin, malgré leurs arsenaux,
Tous les pouvoirs cloués à l'étau de la force,
S'en aller en lambeaux comme une vieille écorce !
C'est que, dans les liens de l'étroite prison,
Où les rois pour régner enchaînent leur raison,
Les peuples ne sont pas des troupeaux que l'on mène,
Des pèlerins errants que le hasard promène,
Et dont l'esprit borné, s'éteignant sans écho,
Voit se fermer sur eux le cercle de Vico !
Non, non, l'humanité, dans sa course agitée,
N'est pas la barque frêle aux ouragans jetée,
Une ombre qui s'agite, et que le moindre vent
Peut emporter partout comme un sable mouvant :
Non, c'est l'enfant du ciel, de Dieu même l'image,
Et qui, pour éclairer son long pèlerinage,
Fait à travers les temps resplendir en tout lieu
L'étincelle d'en haut qui nous ramène à Dieu !
Ouvrez sur notre route, ouvrez votre paupière,
Et vous verrez briller le sillon de lumière :
Sinaï, Sunium, Golgotha, saints flambeaux,
Vous nous avez ouvert des horizons nouveaux,

1.

Et par vous l'homme a pu, sur sa route éclipsée,
A des foyers brûlants échauffer sa pensée.
C'est ainsi que pour nous la sainte Égalité
Sur les chemins du monde a jeté sa clarté ;
Le monde s'harmonise et partout se nivelle ;
La justice sourit, l'amour nous tend son aile ;
La raison sans vengeance éteint l'iniquité ;
L'âme s'embrase au feu de la fraternité,
Et l'Humanité, libre à ce nouveau baptême,
Pour aimer et bénir, prenant le diadème,
A vu sur le chemin des peuples triomphants
S'illuminer d'éclairs son front de six mille ans !

Je sais, car ici-bas toute œuvre inaugurée
Sous le pied des puissants se traîne déchirée ;
Je sais que le triomphe est au prix des combats,
Que l'orgueil en tombant suscite à chaque pas :
C'est le lot des humains ; mais c'est aussi leur gloire ;
Car sans lutte, pour l'homme, il n'est pas de victoire.
Depuis l'heure où, priant à son premier autel,
La vertu, sous Caïn, tombait avec Abel,
L'homme a toujours lutté. Tout essor du génie,
Tout effort de l'amour pour créer l'harmonie,
Tout battement de cœur qui, d'un pouvoir humain
Pouvait en s'épanchant troubler le lendemain,
Toute aspiration, tout vœu, toute chimère,
Au malheur a payé son tribut de misère,
Et voit pour féconder son empire naissant
Un peuple de martyrs lui consacrer son sang !

Le génie !.... Ah ! montez à l'aube de notre âge ;
Un jour, en s'en allant de rivage en rivage ,
Un enfant de la Muse, un homme, esprit de feu,
Homère, descendit ici-bas comme un Dieu :
Et sa lyre vibrait, et de la poésie
Il versait à longs flots l'enivrante ambroisie ;
Et les rois et les dieux, les peuples combattants ,
Et la mer orageuse, et les cieux éclatants ,
Tout le monde héroïque, en sublimes images,
Comme en un livre d'or se peignait dans ses pages.
Eh bien ! quand sur ses pas l'harmonieux vieillard
Allait semant partout les merveilles de l'art ;
Quand chacun de ses vers, pour éclairer l'histoire ,
Tombait sur son pays, comme un rayon de gloire,
Il s'en allait proscrit, aveugle, mendiant ,
Des côtes de la Grèce aux bords de l'Orient ,
Errant à tout hasard , sans foyer, sans patrie,
N'ayant pour tout amour que sa lyre chérie ;
Et jusque dans la mort le chantre enseveli
Ne put même dormir dans la paix de l'oubli ;
Car on vit sur sa tombe, ainsi que des reptiles,
S'acharner lâchement le troupeau des Zoïles ,
Verser sur son génie et l'insulte et le fiel ,
Et disperser ses vers aux quatre vents du ciel !

La raison !..... Déchirez cette première page ;
Allez un peu plus loin. Sur cette même plage
Voyez cet homme au front si pur, au doux regard ,
Qui fuit la foule et va méditer à l'écart :

C'est le sage qui vient régénérer Athènes.
Déjà de mille erreurs il a brisé les chaînes ,
Et sa droite raison , qui le guide en tout lieu
Dans la nuit de l'Olympe a su retrouver Dieu.
Plus grand dans ses leçons que les prêtres du temple,
En cherchant la sagesse, il en montre l'exemple ;
Au camp , chez lui , partout , comme un bon citoyen ,
Il s'en va répandant les semences du bien.
Et pourtant cet esprit que la philosophie
Comme un révélateur encense et déifie ,
Ce sage, un jour en proie au sombre dieu du mal ,
Voit déchirer son âme aux pieds d'un tribunal ;
Il va par le poison sanctifier sa vie ,
Tandis qu'auprès de lui le démon de l'envie,
Immolant sans pitié soixante ans de vertus,
Glorifiait vainqueur les hontes d'Anitus !

L'amour !... Mais pourquoi donc rappeler un supplice
Dont deux mille ans la terre a pleuré l'injustice ?
O victime d'amour, plus douce que l'agneau,
Homme-Dieu qu'une étable accueillit au berceau,
O fils du charpentier , quand je vois l'imposture
Te frapper, t'avilir sous ta robe de bure,
Applaudir aux brigands que Caïphe ameuta
Pour te traîner mourant au sanglant Golgotha ;
Quand je vois dans Sion les grands-prêtres de l'ordre ,
Pour te crucifier, t'accuser de désordre ,
Payer trente deniers le baiser de Judas,
Des prisons, à ta place, arracher Barabbas,

Te livrer aux soufflets, aux crachats, aux épines,
Et charger de la croix tes épaules divines ;
O Christ ! quand à cette heure, abandonné du ciel,
Je te vois prendre encor le calice de fiel,
Et pour combler enfin ton angoisse infinie,
Entre les deux larrons finir ton agonie,
Ah ! je demande alors aux Pilates sans foi,
Qui donc aima sur terre et souffrit plus que toi ?

Eh bien ! l'Égalité, flambeau des derniers âges,
Dont la clarté déjà luit sur tous les rivages ;
L'Égalité qu'on veut étouffer sous les rois,
Mais qui du Peuple enfin illumine les droits,
Ainsi que la raison, l'amour et le génie,
Doit traverser aussi ses jours d'ignominie !
Oui, l'arène est ouverte, et depuis bien longtemps
Le monde entier tressaille au bruit des combattants.
Oui, les maîtres du monde ont ressaisi le glaive,
Et leur œuvre de sang dans notre sang s'achève.
Qu'importe ? Nous savons que les peuples un jour
S'uniront dans les nœuds d'un fraternel amour,
Et qu'après les douleurs, les luttes, la souffrance,
Comme la jeune mère au jour de délivrance,
L'humanité verra dans ses déchirements
La vie avec effort s'échapper de ses flancs !
Va donc, jeune soldat du nouvel Évangile,
Marche ; si le génie a su vaincre Zoïle,
Si Socrate survit à ses juges maudits,
Si le monde à genoux baise le crucifix ;

Va , tu verras aussi, debout sur tous les trônes,
La Révolution disperser les couronnes ,
Sur les peuples unis promener son niveau ,
Et, comme Dieu, créer un univers nouveau !
En apôtre, en martyr, sans peur, sans défaillance ,
Va donc où te conduit l'éternelle espérance ;
Épanche sur ta route et le baume et le miel ,
Où les rois jusqu'ici n'ont versé que le fiel !
Aime, c'est par l'amour qu'ici-bas tout se fonde ;
Souffre, c'est en souffrant qu'un Dieu vainquit le monde,
Et, si tu crains les coups d'implacables pouvoirs ,
Pour affermir tes pas au sentier des devoirs ,
Crie en bravant partout leur fureur despotique :
Vive, vive à jamais, vive la République !

LE MENDIANT.

> J'ai eu faim et vous ne m'avez pas donné
> à manger; j'ai eu soif et vous ne m'avez pas
> donné à boire!
>
> L'ÉVANGILE.

Un jour, — je vais conter. — Que la muse en mes chants
Fasse ma voix sensible et mes récits touchants ! —
Un jour, seul et rêveur, en poëte qui lime
Un vers estropié pour y couler la rime,
Je fouillais, au milieu du tumulte et des cris,
Ce labyrinthe humain qu'on appelle Paris.
Doucement, lentement, dans la foule empressée,
Je furetais, suivant mon rêve et ma pensée,
Quand au bruit d'une cloche, au coin d'un carrefour,
Près d'un double portail et d'une double tour,
Le silence et le deuil, excitant ma surprise,
Arrêtèrent mes pas au porche d'une église.
Et là je méditais, les bras croisés, debout,
Me demandant pourquoi la croix qu'on voit partout,
Pourquoi ces saints autels, ces voûtes ciselées,
Ces ogives en fleurs, ces portes dentelées,
Ne sont plus aujourd'hui, pour un siècle puissant,
Qu'un musée artistique où l'on entre en passant !

Pourquoi donc, me disais-je, au bout de notre route,
La Foi, qui vient de Dieu, nous conduit-elle au doute ?
Pourquoi, près des autels que l'on vit triomphants,
Voit-on prier le père et rire les enfants ?
Et mon esprit, perdu dans ce rêve suprême,
Tournait et retournait le terrible problème.
Et tout à coup je vis, dans l'ombre du parvis,
Un vieux pauvre en haillons, et soudain je me dis :
Si l'homme en grandissant se mutine et proteste,
C'est que ton Verbe, ô Christ ! — cet indigent l'atteste, —
N'a reçu deux mille ans qu'un hypocrite encens,
Que la Foi n'a vibré qu'en stériles accents,
Et que le prêtre même, amère raillerie !
Sans comprendre la croix et l'encense et la prie !

Le pauvre, en me voyant, fit trois pas sur le seuil,
Et me dit sa prière, et, pour lui faire accueil,
Je m'avançai vers lui pour donner mon offrande :
— Bon père, c'est bien peu, car la misère est grande ;
Enfin prenez, lui dis-je, en lui tendant la main.
— Comment, peu ? me dit-il ; c'est beaucoup, c'est du pain !

C'était un mendiant, à mine toute franche,
Un bon vieillard, œil doux, front ridé, tête blanche,
Et qui faisait briller dans ses traits abattus
Cette sérénité que donnent les vertus.
Ses habits étaient vieux, et vieille sa chaussure ;
Il avait recruté son chapeau d'aventure ;

Pourtant dans son maintien, son air, son vêtement,
Je ne sais par quel lustre et quel ajustement,
On lisait, en voyant pendre sa souquenille,
Qu'un bon ange veillait sur sa bure en guenille !
Une sébile vide, en bois, sur ses genoux,
Semblait crier famine et demander des sous ;
Une large balafre, au front, parmi ses rides,
Rappelait des grands jours les héros intrépides.
En la voyant, je dis : — Père, étiez-vous soldat ?
— Waterloo, me dit-il, fut mon dernier combat !
Cicatrice de gloire et sceau de sa vaillance !
Car il versait son sang pour délivrer la France,
Pendant que lâchement, et loin de tout danger,
Tous nos nobles seigneurs embrassaient l'étranger !

Bientôt, près du héros tout chargé de misère,
Une charmante enfant, que conduisait sa mère,
Fit quelques pas vers nous, et vint en souriant
Déposer son obole aux mains du mendiant.
Et le vieillard lui dit : — Merci, merci, ma fille !
Que le bon Dieu le rende à la bonne famille,
Et qu'à vous, mon enfant, en vous comblant de biens,
Il vous fasse des jours aussi longs que les miens !

Cet air candide et bon, ce doux et saint langage,
Ce cœur qui palpitait sous les glaces de l'âge,
Tout, jusqu'à sa misère, éveillait le désir
De connaître et d'aimer ce généreux martyr.

Et je lui demandai de conter son histoire,
Les malheurs, les travaux, les combats de sa gloire.
— Ah ! c'est triste, dit-il. Eh bien ! pourtant, venez
Et si vous désirez mon récit, vous l'aurez !

LA POÉSIE.

.... Sunt quos curriculo pulverem Olympicum
Collegisse juvat ;
HORACE.

Ego, autem, Domine, in justitia apparebo
et psallam tibi, et satiabor cùm apparuerit
gloria tua !
DAVID — PSAUMES.

O Muse, trop longtemps tu vécus de mensonges ;
Trop longtemps on te vit, oublieuse des cieux,
Jeter sur l'homme enfant le voile de tes songes,
Et, sans chercher le bien, encenser tous les dieux !

Trop longtemps on te vit, pour d'impures richesses,
Chez les maîtres du jour brûler un vil encens ;
T'assouplir au maintien des honteuses caresses,
Et, pour quelques faux biens, découronner tes chants.

On te vit sans rougir, toi, la chaste déesse,
Suivre la folle orgie au fond de nos cités,
Et, dans l'emportement d'une stupide ivresse,
Vierge, traîner l'amour au lit des voluptés.

Courtisane impudique, aux tréteaux de la gloire,
On te vit bassement marchander ton amour,
Aimer pour un peu d'or, et bientôt sans mémoire,
Quitter avec le sort tes idoles d'un jour.

Du char impérial que tu suis, comme esclave,
Tu tombes pour ramper aux genoux de Tarquin ;
Puis, quand le peuple brise un bandeau qui l'entrave,
Tu vas chanter encor pour un roi mannequin.

Mensonges, lâchetés, trahisons !... tristes choses !
Pour le poëte aussi, dans nos mornes douleurs,
Mieux vaut la lutte, amis, que la couche de roses,
Mieux vaut la liberté que la chaîne de fleurs !

Siècle, je t'ai sondé ! Qu'ai-je trouvé ? La honte,
Sur les pouvoirs détruits, couronnant des Séjans,
Les géants abattus pleurant sur leur mécompte,
Pour bientôt reparaître au bruit des ouragans !

S'il faut combattre, eh bien ! suivons, suivons le Dante ;
De la patrie en deuil soulevons le fardeau.
Peuple, marchons ensemble, et dans la lutte ardente,
Mort ou vif, couvre-moi des plis de ton drapeau.

   Il est un chantre dont la lyre
  Ne soupira jamais que pour la liberté,
   Et que je suis dans mon délire,
  Comme un flambeau de vérité !

Un sage qui, sondant du haut de son génie
La fange des pouvoirs et leur ignominie,
          Au peuple a dédié son chant ;
Et qui, toujours debout dans sa noble carrière,
Comme un astre, teignit de la même lumière
          Et son aurore et son couchant.

          Sans monter le char olympique,
Il chantait, et sa voix, vengeant nos droits trahis,
          Comme un écho du barde antique,
          Retentissait sur son pays.
C'est lui qui déployait la robe populaire
Quand des rois imposés nous prenions le suaire
          Sous le talon de l'étranger !.....
A toi qui seul compris ton siècle et ta patrie,
Que j'aime et que je chante avec idolâtrie,
          A toi ces vers, ô Béranger !

          Tu naquis pauvre, enfant de l'harmonie !
          Mais pour chanter, qu'importe le berceau ?
          Le dieu des vers, te soufflant le génie,
          A ton chevet fit luire son flambeau :
          Ainsi du chaume à tout âge idolâtre,
          La Muse allait naguère en souriant,
          Vers l'humble toit de Virgile le pâtre,
          Sur le bâton d'Homère mendiant !

          A tes accents, on vit la poésie
          Braver sans peur les orages du temps,

                                        2.

Sur nos amours verser son ambroisie;
Ou, fouet vengeur, flageller les tyrans ;
L'indépendance enflammait ton délire,
Et sur la route on ne te vit jamais
Des rois ingrats mendier le sourire,
Ou t'abaisser au seuil de leurs palais !

Un jour ces rois, aux grilles du prétoire,
Pour te flétrir, ont traîné tes chansons ;
Tu fus jugé, mais en vain ; ta mémoire
Grandit encore au fond de leurs prisons.
Ah ! Dieu te venge et voici son déluge (2) :
Il va rouler leurs sceptres à tes pieds,
Et libre enfin, le peuple roi, ton juge,
Ceindra ton front de ses plus beaux lauriers.

Chante toujours , car dans son vol rapide
La liberté peut faillir ici-bas ;
Chante et qu'au moins ta douce voix la guide,
Pour éviter de douloureux combats.
O liberté ! nous avons vu naguère
L'Empire, hélas! découronner ton front;
Nous avons vu, dans les jeux de la guerre,
La France aussi subir plus d'un affront !

Nous avons vu les piques du Barbare ;
Nous avons vu, trente ans, les nains royaux
Charger les bras d'un peuple qu'on égare
Du poids honteux des plus vieux oripeaux.

Et de nos jours, ah ! ma fierté recule,
Aux cris du peuple, applaudi sur un char,
Nous avons vu triompher Augustule
Sous le manteau du glorieux César !

Ah ! pour punir enfin tant d'arrogance,
Fustige encore, oui, fustige les rois,
Et tu verras, comme autrefois, la France
A tes accents monter sur son pavois.
Comme un soleil, fais voir la République,
Et ces grandeurs que la foule adora
S'envoleront à ta lyre magique,
Comme au sifflet les décors d'opéra !

Qui parle donc de ta froide vieillesse ?
Les apostats qui craignent ton réveil.
Pour amortir ta poétique ivresse,
Le temps en vain t'apporte le sommeil :
Oui, si jamais, dans sa course arrêtée,
La France encor tombait dans le néant,
Chante, et soudain, à la voix de Tyrtée,
Nous reverrons se dresser le géant !

Eh bien ! je sens aussi, je sens battre la fibre
Qui s'irrite du mal et s'attendrit au bien ;
Je sens qu'il est un Dieu, que ce Dieu m'a fait libre,
Et que pour nous, mortels, il n'est qu'un seul lien.

C'est ce lien d'amour qui fait de nous des frères,
Et non pas des troupeaux accroupis sous des rois,
Qui fera de ce monde, au bout de ses misères,
        Le miroir des divines lois.

Si ce levain sacré vit au fond de notre être,
Comme un parfum d'amour au calice des fleurs,
Frères, si pour aimer il nous suffit de naître,
Quittons de vains regrets et desséchons nos pleurs;
Secouons de nos pieds une vile poussière,
Abandonnons la nuit et ses feux décevants :
Il est temps que notre œil reflète la lumière,
        Comme un prisme aux reflets vivants !

Pour moi, je n'irai pas désenchanter mon âme
Des rêves étoilés qui dorent nos berceaux,
Me complaire aux calculs que la honte proclame,
Et dans un lit de fange éteindre mes flambeaux.
Je veux, je veux toujours t'aimer, ô poésie !
Pour vivre et pour mourir embaumé de ton miel,
Et dire : Je t'ai prise aux portes de la vie,
        Je te laisse aux portes du ciel !

Oui, j'ai dit : Loin de moi l'égoïste sagesse !
Je hais le culte faux des faux dieux de nos jours.
Mes dieux, ce sont les lois que l'équité confesse,
Et que sans défaillir je soutiendrai toujours.

Et si le vent m'atteint, que me fait sa colère ?
Pourvu que mon esprit, de ses vers souverains,
Laisse échapper aussi, comme l'épi sur l'aire,
　　　Le blé qui nourrit les humains !

Mais pourquoi s'effrayer ?... Après tant de naufrages,
Le jour a moins d'éclairs et moins de tourbillons,
L'air a moins d'ouragans, le ciel a moins d'orages,
Et la mer sans écueils nous ouvre ses sillons.
Voyez, le vaisseau glisse et la voile est tendue.
Entendez-vous de loin chanter les matelots,
Et se mêler aux cris de la foule éperdue
　　　Le murmure éclatant des flots ?

Partons ! Nouveaux Colombs, nous montons le navire
Qui porte fièrement nos destins dans ses flancs.
Nous voguons, mes amis, vers l'immortel empire
Qui du bonheur enfin nous ouvrira les champs.
Ne craignez rien du ciel, ni de la mer profonde ;
Encor, encor, vingt jours, et nous touchons au bord.
Terre ! dit un marin. Salut, ô nouveau monde !
　　　Mes amis, nous entrons au port !

LE SOLDAT.

— Jeune soldat, où vas-tu?
— Je vais combattre pour que chacun mange
en paix le fruit de son travail, pour sécher les
larmes des petits enfants qui demandent du pain,
et on leur répond : il n'y a plus de pain ; on nous
a pris ce qui nous restait.
— Que tes armes soient bénies, jeune soldat !

— Jeune soldat, où vas-tu?
— Je vais combattre pour renverser les barrières qui séparent les peuples et les empêchent
de s'embrasser comme les fils du même père,
destinés à vivre unis dans un même amour !
— Que tes armes soient bénies, jeune soldat !

LAMENNAIS.

Il dit, se lève et pend à son cou sa sébile,
Se couvre de son feutre, et de sa main débile
Prend son bâton courbé, bâton de mendiant,
Tel qu'on en voit aux mains des bergers d'Orient,
Alors que vers le soir, lentement, dans les plaines,
Ils s'en vont conduisant leurs troupeaux aux fontaines ;
Puis, tous deux, lui traînant ses pieds mal affermis,
Nous cheminons causant comme deux vieux amis,
Pas à pas, côte à côte, évoquant en pensée
Tous les enchantements de la gloire passée.
— C'est trop long, me dit-il, trop long, car je suis vieux ;
Mais sachez seulement ce qui frappa mes yeux.
— C'est bien, mon père, allez ! Dans les champs de l'histoire,
Seuls les grands monuments arrêtent la mémoire :
Les révolutions, dans leurs jeux éclatants,
Effacent les détails dans le livre du temps,

Ainsi qu'on voit, mon père, au firmament sans voiles,
Les soleils par leurs feux éclipser les étoiles.

Valmy ! dit le vieillard : Quel temps ! quel souvenir !
De quelle histoire, ô Dieu ! je vais m'entretenir !
Un roi tombe ! Soudain vingt rois nous envahissent ;
Les prêtres sont cachés ; les Bouillé nous trahissent ;
Les nobles, émigrés, s'en vont loin du danger
Mendier contre nous le fer de l'étranger.
Guerre ici, guerre là ! Sans argent, sans armée,
Au dedans, au dehors, la France est désarmée !
Partout des factions ! Pour briser son licou,
La France enfin descend dans le sang jusqu'au cou !
Alors, mon fils, alors, devant ses funérailles,
La Patrie en danger déchire ses entrailles.
Aux armes ! Tout Français aussitôt est soldat,
Debout pour son pays, debout pour le combat !
Un drapeau noir flottait aux tours de Notre-Dame :
C'est la mort qui pour nous dresse son oriflamme !...
Aux armes ! A chacun sa part dans les périls ;
Soldats, à la frontière ! Ouvriers, aux fusils !
Déchirez la charpie, amoncelez la poudre,
Femmes, enfants, vieillards ! forgez, forgez la foudre !
Car pour vaincre il faudra, malgré les factions,
Lancer contre les rois quatorze légions !
Aux armes ! Écoutez ! c'est le canon qui gronde,
C'est le tocsin qui sonne, et dans la nuit profonde
La sainte Marseillaise et le bruit des tambours
Portant l'hymne de mort au peuple des faubourgs.

Aux armes ! Courez donc sur la place publique,
Volontaires, signez, sauvez la République !
Aux armes ! Nous partons, nous volons, pleins de foi,
Sans souliers, sans habits, mais aussi sans effroi.
Nous repoussons la Prusse au début de nos guerres,
Nous montrons que nos mains sont pleines de tonnerres,
Et la France, en voyant reculer l'ennemi,
Dans notre livre d'or écrit : Valmy, Valmy !

Marengo ! C'est toujours l'écho de nos tempêtes ;
La France triomphante élargit ses conquêtes :
Toulon, Fleurus, Monbach, Millesimo, Lodi,
Castiglione, Arcole, Ancône, Rivoli,
Ont signé nos exploits ! Nos victoires rapides,
Dans leur course, ont touché le front des Pyramides.
Et nous luttons toujours ; sans trêve, sans repos,
La tente vagabonde emporte les héros.
Et nous marchons remplis du feu de l'espérance,
Et nous disons : Soldats, nous vaincrons pour la France ;
Puis après la moisson nous aurons quelques grains :
Après les épis nus viendront les épis pleins.
Pourtant, nous l'avoûrons, douloureuse pensée !
La France pour un nom s'est déjà prononcée,
Et dans nos camps vainqueurs, nous, enfants du combat,
Sondant l'ambition, nous doutons d'un soldat.
Mais il s'en va criant : Que chacun me seconde,
La République, amis, est le soleil du monde !
Malheur à qui l'attaque ! heureux qui la défend !
Et nous, les compagnons du héros triomphant,

Nous renouons partout la chaîne des victoires,
Nous augmentons encor' le faisceau de nos gloires,
Nous sillonnons d'éclairs les rivages du Pô,
Et la France applaudit en criant : Marengo !

Austerlitz ! D'où vient donc, étoile de l'empire,
En prononçant ton nom, que mon âme soupire ?
D'où vient qu'à ton éclat, sur mon front blanchissant,
S'est mêlé le regret d'avoir versé mon sang ?
Trois blessures pour toi ! Pardon, si je me nomme ;
C'est peu pour son pays, mais c'est trop pour un homme,
Quand cet homme a juré, fils de la Liberté,
De suivre le drapeau par notre main planté.
Venais-tu donc, ô Gloire ! enseigner à la terre
Que le bien mène au mal par un sombre mystère,
Et que le sang versé sert aux libations
Que doivent faire aux dieux toutes les nations ?
Oui, souvent, moi soldat, j'ai posé ce problème,
Et, sûr de ma raison, j'ai lancé l'anathème.
Oui, la France, Austerlitz, maudit ta trahison.
Mais avant de tomber, indomptable Samson,
Elle donne à la terre un effroyable exemple ;
Elle ébranle avec toi les colonnes du temple,
Elle force l'Europe à venir à ta voix
Courber jusqu'à tes pieds l'échine de ses rois !
Oui, je la vois debout, terrible, frémissante,
Étouffant ses regrets et sa voix gémissante ;
Car, en voyant couler le sang de tous ses fils,
Elle triomphe au moins, et s'écrie : Austerlitz !

Waterloo ! C'est l'écueil que trouve tout navire,
Quand un homme n'a foi qu'en lui pour le conduire.
C'est le mot qu'ici-bas tout orgueil exprima :
Pharsale, Waterloo, Babylone, Zama !

Mais cet écueil, hélas ! qu'en gémissant on nomme,
Ne fut, je l'ai senti, que le tombeau d'un homme,
Et la France pouvait dévorer ses vautours
En remettant debout les géants des grands jours (3) !
Combien, combien de fois, moi, j'ai maudit ce crime !
Que fûmes-nous alors, au fond de cet abîme,
Nous, les héros si fiers célébrés par des chants ?
Hier, hélas ! des vaincus, aujourd'hui des brigands,
Des brigands qu'on affiche au pilori de honte,
Qu'on bafoue, en riant du jour de leur mécompte,
Qu'on redoutait naguère aux champs de Marengo,
Et sur lesquels on crache en criant : Waterloo !

Voilà, mon fils, voilà ma lamentable histoire !
Et pour l'enraciner au fond de ma mémoire,
Pour en comprendre aussi la gloire et le malheur,
Je n'ai lu qu'un seul livre, et ce livre est mon cœur,
J'ai combattu vingt ans ; mais si, pour mon salaire,
Je n'ai que le denier du pauvre Bélisaire ;
Si j'ai vu nos destins, par la fatalité,
Voués au rire amer de la postérité,
J'ai gardé dans mon âme un rayon d'espérance.
Oui, vous verrez briller d'autres jours pour la France.

Laissez des vents impurs passer le tourbillon,
La graine germera, la graine est au sillon !
J'écoutais, attentif; mais au coin d'une rue,
Près d'une porte étroite, et dans l'ombre perdue,
Le vieillard s'arrêta : — C'est ici ma maison,
Ou plutôt, me dit-il en riant, ma prison;
Car jamais prisonnier n'eut un plus pauvre gîte.
Un jour daignez monter au grenier que j'habite,
Venez, et mes récits, je les compléterai.
Je lui pris les deux mains en répondant : — J'irai !

LES CATILINAS.

> Celui qui n'aime pas son frère est maudit
> sept fois, et celui qui se fait l'ennemi de son
> frère est maudit septante fois sept fois.
>
> C'est pourquoi les rois et les princes et
> tous ceux que le monde appelle grands ont
> été maudits ; ils n'ont point aimé leurs frères,
> et ils les ont traités en ennemis !
>
> LAMENNAIS (*Paroles d'un croyant*).

Et j'entendis crier la voix de la colère :
Que tout demeure en paix, tout est bien ici-bas !
Malheur à qui maudit les pouvoirs de la terre !
    Malheur à vous, Catilinas !

Un homme est là, couché sur une paille humide :
Du pain, dit-il, voyez, je suis pauvre et j'ai faim ;
Du pain, l'oubli du riche est presque un homicide ;
Du pain, l'or est maudit, quand il est inhumain ;
Du pain, car je ne veux qu'une seule miette ;
Du pain, car c'est si peu pour vos biens superflus ;
Du pain, car je me meurs, je ne suis qu'un squelette,
    Et demain je ne serai plus !

Et j'entendis crier la voix de la colère :
Que tout demeure en paix, tout est bien ici-bas !
Malheur à qui maudit les pouvoirs de la terre !
    Malheur à vous, Catilinas !

Ici c'est l'ouvrier qui, de sa main puissante,
A créé les cités, les arts et les palais,
Et qui voit à sa mort, compagne avilissante,
La misère accourir pour payer ses bienfaits.
Et dans son deuil, il crie : A Rome, amis, à Rome,
Du moins avec ses fers l'esclave avait du pain,
Travail et liberté, ferez-vous moins pour l'homme
    Que l'esclavage au front d'airain ?

Et j'entendis crier la voix de la colère :
Que tout demeure en paix, tout est bien ici-bas !
Malheur à qui maudit les pouvoirs de la terre !
    Malheur à vous, Catilinas !

Et plus loin, deux soldats qui gardent deux frontières
Ont quitté leurs fusils en se reconnaissant,
Et tous deux se sont dit, en mouillant leurs paupières :
Ah ! pour fonder la paix, faut-il donc tant de sang?
Du sang, quand pour s'unir les peuples sont sans haine ;
Du sang, quand tout soldat regrette son berceau ;
Du sang, quand toute guerre aux peuples qu'on déchaîne
    Doit donner un tyran nouveau ?

Et j'entendis crier la voix de la colère :
Que tout demeure en paix, tout est bien ici-bas !
Malheur à qui maudit les pouvoirs de la terre !
    Malheur à vous, Catilinas !

Là-bas, le laboureur qui déchire la plaine
Tombe, quand vient le soir, au bout de son sillon,
Et, l'œil humide, il dit : Oui, je porte une chaîne,
Car ce n'est pas pour moi que je tiens l'aiguillon.
Le chaume que j'habite est le bien de mon maître,
La terre que j'arrose est pour moi sans profits.
O mère des humains ! pourquoi m'as-tu fait naître,
    Pour ne rien laisser à ton fils ?

Et j'entendis crier la voix de la colère :
Que tout demeure en paix, tout est bien ici-bas !
Malheur à qui maudit les pouvoirs de la terre !
    Malheur à vous, Catilinas !

Puis une voix m'a dit : J'ai cherché la justice,
J'ai conseillé le bien, j'ai prêché la raison.
Mais on dit que des lois j'ébranle l'édifice,
Et le pouvoir me jette au fond d'une prison.
Quoi ! des fers à qui veut le bien du prolétaire,
Des fers à qui sans peur fustige les méfaits.
O Caïphe et Pilate ! ô juges du calvaire !
    Dites, ne mourrez-vous jamais ?

Et j'entendis crier la voix de la colère :
Que tout demeure en paix, tout est bien ici-bas !
Malheur à qui maudit les pouvoirs de la terre !
    Malheur à vous, Catilinas !

Une plainte lugubre, immense, universelle,
S'épanche, comme un râle, au sein des nations.
Grâce, dit l'homme enfin qui s'use et qui chancelle,
Le temps a mis un terme aux dominations !
Grâce, ô rois mendiants ! Grâce ! mes mains débiles,
Depuis que vous régnez, vous ont fourni de l'or.
Grâce ! je ne puis plus donner à vos sébiles
        Le denier qu'on demande encor !

Et j'entendis crier la voix de la colère :
Que tout demeure en paix, tout est bien ici-bas !
Malheur à qui maudit les pouvoirs de la terre !
        Malheur à vous, Catilinas !

LA FRATERNITÉ.

Homo sum et nihil humani a me
alieuum puto !

TÉRENCE.

Oui, bon vieillard, j'irai puiser dans ta misère
Le pur et saint amour qui doit sauver la terre ;
J'irai lire en ton cœur ce qu'il nous faut savoir,
La loi du sacrifice et la loi du devoir ;
J'irai, car près de toi, ton dévoûment le prouve,
Ce que j'aime avant tout, la vertu, je la trouve !
Tu portes sans orgueil, sans bruit et sans fracas,
Ce bien qu'on cherche en haut et qui fleurit en bas !
J'irai, car tu m'apprends, malgré l'ingratitude,
A marcher fièrement dans un chemin bien rude ;
J'irai, c'est un devoir, au pied de ton grabat,
Accomplir, comme un fils, le doux apostolat,
L'apostolat d'amour et de sainte tendresse,
Qui réunit les cœurs dans une même ivresse,
Et qui peut faire un jour luire à l'humanité
L'étoile aux rayons d'or de la Fraternité !

LE SIÈCLE.

Aspice venturo lætentur ut omnia sæclo !

VIRGILE.

I

Des prophètes ont dit : Anathème ! anathème !
Le Seigneur a parlé. Voici le jour suprême ;
La trompette de l'ange éclate dans les cieux.
Écoutez ! Quand un peuple ou s'élève ou succombe,
Dieu, pour nous révéler sa naissance ou sa tombe,
     Lance sa foudre dans les cieux !

En vain de palmes d'or vous couronnez vos têtes ;
En vain pour vous guider, au milieu des tempêtes,
Vous allumez partout des phares éclatants :
Les peuples n'ont qu'un jour pour fouler ce rivage,
Le soir ils sont couchés, au terme du voyage,
     Sur les bornes du temps.

C'est toujours de Babel la sublime folie !
Voyez : pas un autel que le ciel n'humilie,
Pas un pouvoir qui n'ait fléchi sous le destin,
Pas un drapeau vainqueur que n'ait souillé le crime,
Pas un héros qui n'ait d'une sainte victime
     Versé le sang sur son chemin !

Les autels sont debout, mais les temples sont vides!
Le fidèle troublé voit des clartés livides,
Présages de malheur, traverser le saint lieu;
Et le prêtre lui-même, ô sombre destinée!
Dressant contre sa foi sa raison mutinée,
　　　　A douté de son Dieu!

Perdus, trahis, vendus par d'aveugles génies,
Les pouvoirs, tour à tour traînés aux gémonies,
Vingt fois dans la carrière ont vu briser leurs chars.
Une invisible main fait chanceler les trônes,
Et d'un soleil à l'autre arrache les couronnes
　　　　Du front étoilé des Césars!

Sans relâche emporté dans sa course rapide,
Le siècle, sous la main du démon qui le guide,
En riant du devoir s'arme de tous les droits;
La révolte en tous lieux épanche la colère
Et déchire, au bruit sourd du souffle populaire,
　　　　Le bouclier des lois!

Vos pères ont écrit des codes régicides,
Vos lois ont allumé des luttes fratricides;
Vos droits ont couronné plus d'un noir attentat.
Pourquoi? Pour voir enfin, au bout de la carrière,
Vos libertés d'un jour tomber, vile litière,
　　　　Sous le pied d'un heureux soldat!

Et ce soldat lui-même?... Un souffle, un rien le brise.
La pourpre, vain hochet que le siècle méprise,

N'abrite plus ce dieu que la gloire a séduit :
Tombé du ciel, il va, fragile Prométhée,
S'éteindre, au fond des mers, sur la rive agitée,
        Où le sort l'a conduit.

Allez, vous tomberez, modernes Babylones !
Trônes, temples, palais, dieux, marbres et colonnes,
Tout va dans un instant crouler à vos regards !
Allez, je vois déjà passer sur vos murailles
Les trois signes de mort qu'au jour des funérailles
        Le ciel fait luire aux Balthazars !

On dit qu'à l'orient, le clairon des barbares
Fait entendre déjà de bruyantes fanfares,
Et qu'un sinistre écho gronde à travers les airs.
On dit que sous les pas des légions lointaines,
L'horizon, plein de chars, de coursiers et de chaînes,
        Étincelle d'éclairs !

Tremblez ! déjà le Nord vous couvrit de ténèbres !
Et Rome disparut dans ses replis funèbres,
Et l'Olympe expirant d'un linceul se voila,
Et l'Orient dormit au tombeau de Byzance,
Et l'Occident glacé s'accroupit en silence
        Sous le pied sanglant d'Attila !

II

Non, non, ces chants de deuil ne seront pas les nôtres.
Debout, ô fils de l'homme ! ont dit d'autres apôtres,
C'est l'heure du combat, c'est l'heure du réveil.
Vers l'infini, vers Dieu, soulève ta paupière,
Et va sans t'arrêter, va, monte à la lumière,
        Comme l'aigle au soleil.

Quand à la voix de Dieu l'âme d'un peuple vibre,
Quand un siècle se lève en jurant d'être libre,
Quand l'esclave affranchi lutte comme un géant,
Quand l'homme émancipé voit s'agrandir son être,
Sophistes, répondez ! pouvons-nous disparaître
        Dans les abîmes du néant ?

Quoi ! ces jours pleins d'éclairs, ce passé plein de gloire,
Tous ces feux dont la flamme a lui sur notre histoire
Sur le bord de la tombe auraient conduit nos pas,
Pareils à ces flambeaux dont la pâle lumière
Éclaire l'homme assis sur son lit de poussière
        Aux portes du trépas ?

Quoi ! cette arche sacrée, espérance de l'homme,
Qui passa sur Athène et qui fatigua Rome,
Comme un navire usé sombrerait sous nos yeux ;
Marins plus éprouvés, à la fin du voyage,
Nous ne pourrions sauver cet antique héritage
        Des héros et des demi-dieux ?

Mensonge ! Nous portons une foi plus féconde ;
Fils du Christ, nous jetons à tous les vents du monde
Les oracles divins qu'attendent les mortels ;
Nous effaçons enfin, — les peuples nous entendent !
Cette rouille du temps que les siècles répandent
          Même au pied des autels.

L'esclave voit finir la servitude infâme,
L'indigent en haillons sent palpiter son âme,
Les peuples pour s'unir brisent de vains réseaux ;
J'en atteste les dieux ! ce siècle, enfant du doute,
Va léguer à la terre, au terme de sa route,
          L'Évangile des temps nouveaux.

Et pour quelques soldats qui tombent dans la lutte,
Pour les morts glorieux qui bénissaient leur chute
Vous poussez vers le ciel de stériles soupirs !
Amis, n'oubliez pas qu'au grand jour des batailles,
La victoire s'attelle au char des funérailles
          Pour chanter ses martyrs.

L'Olympe frémissant ressaisissait la foudre,
Quand le dieu du malheur, le dieu né dans la poudre,
Se révélait au monde et venait le bénir ;
Et Rome aussi faisait éclater son tonnerre
Quand le sang des Chrétiens épanchait sur la terre
          La foi de l'avenir.

Et puis, dans ces douleurs dont l'image vous blesse,
Qu'importe qu'un Judas, près du gibet qu'il dresse,

Nous montre par sa mort qu'il avait trop vécu ?
Qu'importe, ô mes amis, qu'au milieu des batailles,
Le César apostat déchire ses entrailles,
      En s'écriant : Je suis vaincu ?

Qu'importe aussi pour nous que dans nos temps si sombres,
Le temple du passé garde dans ses décombres
Les sbires couronnés que le peuple maudit ?
Qu'importe que le fleuve, en cherchant d'autres rives,
Roule encore au milieu de ses eaux fugitives
      Les sables de son lit ?

Des pleurs, des cris, du sang !... c'est la plainte éternelle !
Mais du fond de l'abîme, et plus jeune et plus belle,
L'Humanité toujours arrache ses enfants ;
Ainsi, sans s'épuiser, l'indomptable nature,
En dépit des hivers, fait germer sa parure
      Sous les aquilons étouffants.

Marche, siècle puissant ! C'est toi qui dans l'arène,
A la place des rois dont tu brisais la chaîne,
Vis la victoire un jour couronner un haillon (4) ;
C'est toi qui, descendant au fond de son repaire,
Vins, comme Dieu, sourire au pauvre prolétaire
      Et briser son bâillon.

En suivant, le front haut, tes routes immortelles,
C'est toi qui vas donner, à tout esprit des ailes,

A tout homme une tente, à toute âme un flambeau;
C'est toi qui,. détruisant la dernière bastille,
Verras l'Europe enfin conduire sa famille
    Sous les plis d'un même drapeau.

Debout donc, Israël ! toi que la servitude
Sans relâche a courbé dans le sentier si rude
Où des rois inhumains ont ri de tes malheurs.
Peuple déshérité, va donc avec Moïse,
Va conquérir enfin cette terre promise
    Qu'implorent tes douleurs.

Debout! combats toujours et sans peur et sans trêve.
Et si des Pharaons tu redoutes le glaive,
Si tu crains, Israël, de braver leur courroux,
Songe que pour briser tes chaînes séculaires,
Dix fois Dieu t'enverra l'ange de ses colères
    Qui les brisera sous ses coups.

LA MANSARDE.

> Mal vêtus, logés dans des trous
> Sous les combles, dans les décombres,
> Nous vivons avec les hiboux
> Et les larrous, amis des ombres!
>
> PIERRE DUPONT.

MOI.

Ouvrez, ouvrez, c'est moi!... Trois fois sainte, ô mon père,
L'espérance qu'un jour on donne à la misère !
J'ai promis, j'ai tenu, me voici près de vous...

LE VIEILLARD.

Ah ! je vous attendais. Venez, il est si doux
De voir, de ces hauteurs où s'agitent les hommes,
Un ami nous venir dans l'abîme où nous sommes.
Béni le souvenir qui vers moi vous conduit !
Soyez le bienvenu dans ce pauvre réduit !

Un réduit, mon seul gîte, un réduit où naguère
J'ai pleuré, j'ai maudit de haine et de colère.
Oui, mon fils, je l'avoue, en voyant les vendeurs
Monter, sans rouge au front, au faîte des honneurs,
Les grands se partager tous les biens qu'on envie,
Les méchants tous les jours décourager la vie ;
En voyant par deux fois la France avec effroi
La France régicide acclamer un vieux roi ;

En voyant Dieu jeter, — pardon, si je profane !
Au pauvre sa colère, à l'opulent sa manne,
J'ai douté, je l'avoue, et j'ai maudit tout bas
L'étrange arrangement des choses d'ici-bas !

Je maudissais !... Plus tard je crus au sacrifice ;
J'ai mieux compris la vie et j'ai bu mon calice !
Pourquoi désespérer, quand le progrès croissant,
Comme un cercle sur l'eau, s'en va s'élargissant ?
Quand l'esclave d'hier, le bouc expiatoire,
Ouvre en maître aujourd'hui les sentiers de l'histoire ?
Pourquoi maudire Dieu, l'homme, les nations ?...
Le bien germe au creuset des révolutions.
L'homme sans se lasser, toujours, toujours s'élève,
Et la guerre bientôt s'éteindra comme un rêve.
Pour moi, si je n'eus pas ma place au grand soleil,
Qu'importe ? j'attendrai l'heure de mon réveil ;
Là-haut, il est un bien que n'atteint pas l'envie.
Oui, par delà la tombe il est une autre vie,
La vie au sein de Dieu ! Voilà pourquoi, mon fils,
Le Dieu de Béthléem, le Dieu du crucifix,
A dit un jour au pauvre : Attends, attends une heure ;
Heureux celui qui souffre, heureux celui qui pleure !

MOI.

Père, vous dites vrai : pour l'homme au désespoir,
La vie est un combat, la vie est un devoir.
Et vous l'avez prouvé, le jour que la victoire
Vous traînait en exil aux rives de la Loire !

4.

LE VIEILLARD.

Ma vie alors ne fut qu'un supplice inhumain.
En trois mots, la voici : malheur, travail et faim !
Malheur, car en voyant le glaive de vengeance
Que les rois très chrétiens suspendaient sur la France,
Il fallut déchirer mon livre le plus beau,
Mon plus cher souvenir, mon seul bien, mon drapeau !
Puis, je cherchai dans l'ombre, et loin de la tempête,
Un appui pour ma vie, un abri pour ma tête ;
Et le travail, mon fils, fut l'unique recours
Pour trouver, vieux soldat, le soutien de mes jours.
Ah ! que l'outil est dur à qui porta les armes !
Pour trouver moins amer un pain trempé de larmes,
J'unis à mon foyer, j'unis à mon malheur,
Une femme au cœur pur qui consola mon cœur.
Mais pourquoi n'ai-je pas, dans mon coin solitaire,
Porté seul et sans bruit la croix de mon calvaire ?
Ma femme, succombant sous le poids des soucis,
Au bout d'un an mourut en me laissant un fils ;
Et moi je retombai de misère en misère
Jusqu'au porche où je fais au passant ma prière !
Voilà ma vie !

MOI.

Eh bien ! votre fils, aujourd'hui
Pourra faire pour vous ce qu'on a fait pour lui.

LE VIEILLARD.

Ignorez-vous, ami, le sort du prolétaire ?
Bien lourd est le travail, bien mince est le salaire ;
Et l'ouvrier souvent ne peut par ses efforts
Gagner le pain de vie et soutenir son corps (5).

MOI.

Père, n'eûtes-vous donc jamais dans la souffrance
Un bonheur, une joie, une chère espérance ?

LE VIEILLARD.

Ami, contre les vents s'unissent les roseaux,
Et contre le vautour tous les petits oiseaux ;
Quand le pied du méchant et le foule et l'opprime,
Quand l'orgueil des puissants le jette dans l'abîme,
L'indigent se console auprès des indigents...
Venez et connaissez le cœur des bonnes gens ! —
Il dit : et, sur ses pas, d'une jeune ouvrière
Aussitôt je gagnai la porte hospitalière.

LA FORCE.

> Faisons une campagne de Rome à l'intérieur !
>
> MONTALEMBERT.
>
> Il faut les supprimer !
>
> GRANIER DE CASSAGNAC.
>
> La guerre civile est sainte.
>
> LA MODE.
>
> On ne discute pas avec la révolution, on la tue !
>
> LE DIX-DÉCEMBRE.
>
> Je ne serai content que lorsque j'aurai vu mi-
> trailler la foule, ce monstre cupide !... Le canon
> doit faire notre salut, dût-il venir de Russie !...
> Les gouvernements n'ont d'autre raison que la
> force !
>
> ROMIEU.

Et les rois ont chanté :
Encore un sacrifice à Dieu qui le commande ;
Encore un joug de fer au monde révolté ;
Encore un châtiment, pour que l'homme s'amende ;
Encore une hécatombe à sa félicité !

L'esprit d'iniquité couvre toute la terre ;
Il a lancé sur nous les traits de sa colère ;
Il nous a dit : — Tombez, ô pouvoirs inhumains,
Faites place au pouvoir des peuples souverains ;
Nobles, prêtres et rois, vieux phares de lumière,
Soleils d'un monde éteint, roulez dans la poussière ! —

Nous répondons : Jamais ! Pasteurs des nations,
Notre toit craque au vent des révolutions ;
Mais dans ces ouragans, au bord du précipice,
Nous savons au naufrage arracher l'édifice ;
Et, quand la paix reluit sur le monde ébranlé,
Nos palais sont debout près du chaume écroulé.
A nous donc et le trône, et le sceptre, et l'empire !
A nous de châtier les peuples en délire !
A nous l'autorité, dont la trame d'airain,
Comme une épaisse armure étreint le genre humain !
A nous les tribunaux, les cachots, les supplices,
L'échafaud, les bourreaux, les lois, les sacrifices !
A nous prisons, soldats, citadelles, créneaux !
A nous tous les trésors ! à nous les arsenaux !
Reprenons du passé l'indestructible écorce...
Les peuples sont aux rois, le monde est à la force !

          Et les rois ont chanté :
Encore un sacrifice à Dieu qui le commande ;
Encore un joug de fer au monde révolté ;
Encore un châtiment pour que l'homme s'amende ;
Encore une hécatombe à sa félicité !

Ils ont osé..... Seigneur ! jusqu'où va le délire,
Quand l'homme, ange déchu, de sa raison s'inspire !
Ils ont osé, suivant chaque homme à chaque pas,
Marquer, parquer la vie aux lignes d'un compas !
Quoi ! ce cœur qui déborde en généreuses flammes,
Ces mille passions qu'alimentent les âmes,

Cet esprit indomptable, et qui dans ses élans
Emporte plus de flots que tous les océans;
L'homme, avec ses grandeurs, ses désirs, ses chimères,
Sous un joug détesté, centuplant ses misères,
Au bout de son chemin, s'arrêterait dompté
Dans les mailles de fer de la communauté !
Quoi ! cédant à l'appât d'une trompeuse amorce,
L'Humanité prendrait la chemise de force,
Et verrait, dans les nœuds d'un régime brutal,
Disparaître le bien et triompher le mal !
Non, non ! tirons le fer ! Bourreaux, dressez vos listes !
Mort aux fous niveleurs ! Mort, mort aux Communistes (6) !

      Et les rois ont chanté :
Encore un sacrifice à Dieu qui le commande;
Encore un joug de fer au monde révolté ;
Encore un châtiment pour que l'homme s'amende;
Encore une hécatombe à sa félicité !

Est-ce tout ? Pas encore : ô maîtres, prenez garde !
Des hordes de l'enfer ce n'est que l'avant-garde;
Sur leurs pas, tout près d'eux, dans les mêmes sillons,
S'avancent à grand bruit de nouveaux bataillons.
Famille, appui sacré sur lequel tout se fonde,
Religion qu'un Dieu vint apporter au monde,
Et toi, propriété, doux fruit de nos efforts,
Qui changes nos sueurs en généreux trésors,
Triangle lumineux qu'on voit sur toute arène
Répandre en rayons purs ta clarté souveraine,

C'est toi, c'est ton flambeau que le siècle poursuit
Pour nous perdre à jamais dans l'éternelle nuit !
Sondez, sondez l'abîme où descend la folie :
— « La misère est un joug que la raison délie ;
Le travail est un droit conquis par le canon ;
Le pouvoir un appui libre de tout chaînon ! »
— Étouffons ce mensonge, et du triple servage
Resserrons pour régner le sanglant attelage.
O peuples ! la misère est l'éternel fardeau
Que l'homme en gémissant porte jusqu'au tombeau !
Le travail est un frein qui contient et qui bride
L'élan désordonné d'un peuple régicide ;
Et le pouvoir enfin est le lien fatal
Qui par nous vous arrache aux abîmes du mal !
C'est la loi des humains ; c'est la loi de la vie ;
Le reste n'est que haine, erreur, chimère, envie !
Peuples, assez de boue a souillé vos chemins :
Immolez sans pitié les fils des Jacobins !
Frappez à notre voix d'implacables sophistes !
Mort aux démolisseurs ! Mort aux Socialistes !

            Et les rois ont chanté :
Encore un sacrifice à Dieu qui le commande ;
Encore un joug de fer au monde révolté ;
Encore un châtiment pour que l'homme s'amende ;
Encore une hécatombe à sa félicité !

Victoire, enfin ! victoire ! Hélas ! non, pas encore !
Écoutez : quel fracas ! du couchant à l'aurore

Avec les craquements d'un horrible ouragan,
L'Europe sous nos pieds s'ouvre comme un volcan.
C'est encor la Pologne ensanglantant sa tombe,
Et dans le sombre élan d'un peuple qui succombe,
Essayant d'emporter au fond de ses tombeaux
Les trois Césars du Nord, les trois Césars bourreaux !
C'est l'Irlande affamée, épuisée, asservie,
Tendant sa lèvre blême aux sources de la vie ;
Et, pour humilier son ennemi fervent,
Dressant devant l'Anglais son squelette vivant !
C'est la Hongrie armée, annonçant par ses braves
Le soleil éclatant qui luira sur les Slaves !
C'est la France sans rois, toujours, toujours debout,
Pour nous montrer encor les héros de l'égout,
Et pour renouveler dans ses luttes fatales
Le triomphe éhonté des vieilles saturnales !
C'est le Rhin frémissant, la Gallicie en feu ;
C'est l'Italie en deuil proclamant, — sombre aveu !
Que l'envoyé du Christ, l'auguste et saint pontife,
N'est que le descendant des prêtres de Caïphe !
Et nous, témoins muets de ces déchirements,
Nous laisserons passer tous ces débordements,
Pour voir l'Europe, un jour, sur ces mers anarchiques,
Sombrer sur le radeau troué des Républiques ?
Non, non ! Sainte-Alliance, apparaissez ! Debout !
Veillez à l'Occident, à l'Orient, partout ;
Et si leur voix s'élève, et si leur troupeau bouge,
Mort aux Républicains ! Mort, mort au drapeau rouge !

Et les rois ont chanté :
Encore un sacrifice à Dieu qui le commande ;
Encore un joug de fer au monde révolté ;
Encore un châtiment pour que l'homme s'amende ;
Encore une hécatombe à sa félicité !

C'est assez, respirons : maîtres, parlons sans feindre.
Église, Royauté, Noblesse, sans rien craindre ,
Vont enfin cimenter, par des nœuds éternels ,
Les trois chaînes que Dieu forgea pour les mortels.
Nous voici triomphants ; en place des outrages ,
Dieu fait luire à nos fronts la majesté des âges !
Mais quoi ! malheur à nous ! De nouveaux attentats
Vont nous pousser encore au meurtre des États.
C'est la raison qui vient troubler aussi la vie ,
Et dresser les autels de la Philosophie.
Et la foule s'y porte , et ses vœux caressants ,
Vers le temple d'orgueil montent comme l'encens !
La raison ? Mais partout cet hymne de démence ,
Sans vivre même un siècle, et meurt et recommence ;
La vérité, c'est Dieu ! Rien ne vient que de lui ,
Et l'homme sans flambeau , sans guide, sans appui,
Fouillera, sondera, percera son nuage ,
Sans pénétrer jamais l'impénétrable image !
Le rêve d'aujourd'hui fut celui des vieux temps ,
C'est le rêve éternel qu'on rêva six mille ans !
Ah ! détournons les yeux, et voilons ce mirage ;
Le peuple en le voyant peut sentir l'esclavage :

Il peut, trompé par lui, lancer les factions,
Livrer l'Europe au feu des révolutions,
Et dans sa rage, un jour, sous un soleil livide,
Dresser pour l'un de nous l'échafaud régicide !
Malheur, trois fois malheur aux apôtres sans foi,
Qui font sans Dieu le ciel, et les peuples sans roi !
Malheur à la pensée et mort à qui s'y fie !
Mort aux enfants perdus de la Philosophie !

          Et les rois ont chanté :
Encore un sacrifice à Dieu qui le commande ;
Encore un joug de fer au monde révolté ;
Encore un châtiment pour que l'homme s'amende ;
Encore une hécatombe à sa félicité !

Mais le silence, ô rois ! les chaînes éternelles,
Ne sont rien pour l'esprit, s'il a toujours ses ailes.
Un sage vous l'a dit : « L'esprit est tout-puissant ;
« L'homme n'est qu'un roseau, mais un roseau pensant (7). »
Et de quelques liens qu'elle soit enlacée,
Le temps fait dans son vol éclater la pensée.
Il est un instrument, infaillible, parfait,
Qui donne à tout discours un invincible attrait ;
Un instrument qui va, de l'un à l'autre pôle,
Comme un flot dissolvant, épancher la parole !
C'est ce fer animé, ce bronze palpitant,
Qui, prenant les écrits dans un moule éclatant,

Les fait luire aux regards sous des formes splendides ,
Et les emporte au loin sur ses ailes rapides !
La Presse n'a pour nous qu'un regard insolent ;
La Presse nous broîra de son bras accablant.
Point de miséricorde ! immolons la furie !
Mort au livre , au journal ! Mort à l'Imprimerie !

        Et les rois ont chanté :
Encore un sacrifice à Dieu qui le commande ;
Encore un joug de fer au monde révolté ;
Encore un châtiment pour que l'homme s'amende ;
Encore une hécatombe à sa félicité !

Voici les jours bénis que le ciel nous envoie :
Rois absolus , goûtons une tranquille joie ;
Justice , droit , bien , mal , mensonge , vérité ,
Ne sont plus que des jeux de notre volonté.
L'intelligence est morte , ou du moins s'est voilée ;
Nous pouvons la frapper jusque dans Galilée.
Elle dort sans écho , sans air, sans horizon ,
Dans le couvent étroit qui lui sert de prison.
Un cri part ! Et qui donc échappe à sa férule ?
Qui s'agite et murmure au fond de sa cellule ?
Qui nous attaque ? Un moine. Et pourquoi ? Pour les maux
Qui nous viennent du pape et de ses cardinaux.
Son pays ? L'Allemagne. Un rêveur ! On le nomme ?
Luther ! Son but ? Le bien. Comment ? En tuant Rome.

Tuer Rome ! Ah ! jamais le prêtre n'insulta
Avec tant d'impudeur le Dieu du Golgotha :
Et nous, nous souffrirons qu'un moine nous dévoile !
Qu'un éclair de l'orgueil éclipse notre étoile !
O rois ! trône et tiare ont les mêmes devoirs ;
Au nom du dieu vengeur, unissons nos pouvoirs,
Si nous ne voulons pas qu'une autre idolâtrie
Fonde, loin de Sion, une autre Samarie !
Allons, Torquemada, saisis ton ennemi !
Allons, ligueurs, voici la Saint-Barthélemy !
Torturez, immolez : le fer, le plomb, la scie,
Tout est bon pour frapper l'hydre de l'hérésie.
Sans trêve ni pitié, frappez, ne craignez rien !
Anéantir le mal, c'est préparer le bien.
Massacrez, et criez devant le monstre informe :
Mort à tout huguenot ! Mort, mort à la Réforme !

          Et les rois ont chanté :
Encore un sacrifice à Dieu qui le commande ;
Encore un joug de fer au monde révolté ;
Encore un châtiment pour que l'homme s'amende ;
Encore une hécatombe à sa félicité !

Notre œuvre est accomplie ! Au bout de la carrière,
Il n'est plus d'ennemis, il n'est plus de barrière ;
L'homme dégénéré ne nous tend plus la main
Que pour nous demander et des jeux et du pain.

Eh bien! si l'homme, ô rois! à nos pouvoirs se lie,
Des rêves de la terre épuisons la folie!
Brûlons Rome en chantant, et Rome applaudira!
Couronnons nos chevaux, et le peuple rira!
Dieux, autels, sénat, lois, soldats... spectacle étrange!
Tout rampe sous nos pieds et roule dans la fange,
Pour bien prouver au monde, une dernière fois,
Que les peuples si fiers, même les peuples rois,
Ne sont rien ici-bas que des jouets qu'on brise;
Et que tous ces héros que l'homme divinise,
Après avoir semé la terre de débris,
N'ont jamais mérité que bassesse et mépris!
De l'ère des Césars c'est l'ivresse éternelle.
Éternelle? Mais non. Écoutez : un rebelle,
Que Caïphe et Pilate ont cloué sur la croix,
A laissé des amis dont on entend la voix.
Et ses lois, ô Césars! sont loin d'être les nôtres.
Et pour régner, il faut étouffer ses apôtres,
Car ils s'en vont criant contre les souverains :
Liberté pour l'esclave et pour tous les humains;
Égalité des biens que le ciel nous délivre (8);
Fraternité des cœurs qui seule nous fait vivre!....
Quel délire! Le mal, pour troubler la raison,
Ne nous versa jamais plus dangereux poison.
Arrachons les Chrétiens du fond des catacombes!
Évangile d'orgueil, il faut que tu succombes.
Peuple, tu veux des jeux? En voilà! bats des mains!
Aux bêtes les Chrétiens! Applaudissez, Romains!
Mort à ces criminels qui viennent nous maudire!
Mort à tous les faux dieux qui troubleront l'Empire!

5.

Et les rois ont chanté :
Encore un sacrifice à Dieu qui le commande ;
Encore un joug de fer au monde révolté ;
Encore un châtiment pour que l'homme s'amende ;
Encore une hécatombe à sa félicité !

Enfant de Béthléem, dors avec ton suaire ;
Si tu veux un pavois, prends celui du Calvaire :
A ta voix le vieux monde a vu tomber ses fers,
Et le Dieu créateur, père de l'univers,
Aux naissantes clartés de la première aurore,
Enchaîna dans l'Éden l'homme innocent encore ;
Et l'homme emprisonné faillit par le désir ;
Et Dieu, sans écouter la voix du repentir,
L'écrasa sans pitié du poids de sa colère,
Le marqua pour toujours du sceau de la misère,
Et laissa sur ses pas tomber à pleines mains
Ce déluge de maux que pleurent les humains.
Travaille, enfant du mal ; c'est Dieu qui fit tes peines,
Et c'est nous qu'il créa pour te nouer des chaînes.
Souffre, travaille et meurs, c'est là tout ton destin.
Peuple vil, à genoux sous le décret divin !
Et nous que le pouvoir tire de cette fange,
Pour goûter en régnant un bonheur sans mélange,
Nous, les dieux de la terre, enfants élus du ciel,
Faisons couler pour nous l'ambroisie et le miel.
Couvrons-nous de la pourpre et parfumons nos têtes.
Danses, musique et fleurs, embellissez nos fêtes !
Allons, descends vers nous, dieu propice aux festins !
Bacchus, roi du plaisir, apporte-nous tes vins !

Si nous voulons chanter, nous chanterons Homère.
Mais n'est-il pas encore une ivresse plus chère ?
Amour, éveille-toi ! Blanches femmes, venez :
Léna, Chloé, Laïs, vous nous appartenez !
Venez, sous ces bosquets, parmi les fleurs écloses,
Vénus garde pour nous les parfums de ses roses !

          Et les rois ont chanté :
Encore un sacrifice à Dieu qui le commande ;
Encore un joug de fer au monde révolté ;
Encore un châtiment pour que l'homme s'amende ;
Encore une hécatombe à sa félicité !

LA FILLE DU PEUPLE.

> Ma fille, le bonheur n'est pas de posséder beaucoup, mais d'espérer et d'aimer beaucoup.
>
> LAMENNAIS.

Le vieillard, tout joyeux, frappa trois coups, entra,
Et l'asile de l'ange à mes yeux se montra !

Mystérieux réduit, tout rempli d'indigence ;
Nid de paix, nid d'amour où rêve l'innocence ;
Sanctuaire adoré que n'enrichit pas l'or,
Mais qui garde pourtant un céleste trésor :
Une vierge modeste, une jeune orpheline
Au profil gracieux, à la tête divine,
Et qui fait saintement, comme l'ange Ariel,
Reluire sur la terre une image du ciel !

Pauvre enfant ! Elle est là, seule dans sa mansarde,
Seule sous l'œil de Dieu qui d'en haut la regarde,
Diligente, attentive, et suivant dans ses doigts
L'aiguille que la faim fait briser tant de fois !

Et là, pour tout plaisir, pour tout amour peut-être,
Près d'elle on voit, au bord d'une étroite fenêtre,
Où s'en vont les chercher ses yeux doux et rêveurs,
Ces deux présents du ciel, des oiseaux et des fleurs !
Voilà tout son bonheur, voilà toute sa joie !
D'ailleurs point d'ornements, ni parure, ni soie,
Point d'anneaux à ses doigts, point de dentelle au cou,
Ni colliers, ni rubans, ni parfums, ni bijou ;
Rien, rien que le travail qui vient, toujours fidèle,
Lui prêter son appui, la couvrir de son aile,
Et la voix du vieillard, dont le grave entretien
La guide en ses périls comme un ange gardien !

Jamais de visiteurs sous son toit solitaire !
Aussi, pour m'accueillir, la vierge prolétaire
Regardait le vieillard, semblait l'interroger,
Et demander qui donc était cet étranger !
Comme un timide oiseau dont on ouvre la cage,
Elle allait et venait dans son petit ménage,
Donnant, la pauvre enfant ! par sa timidité,
Une grâce de plus à l'hospitalité ;
Car, sur son front charmant, la candide innocence
Jetait le voile pur des rougeurs de l'enfance.
Mais bientôt le vieillard m'attirant près de lui :
— Je suis heureux, dit-il, et c'est fête aujourd'hui.
Rassurez-vous, enfant ; pardonnez, je vous prie,
C'est un frère, un ami que j'amène, ô Marie ! —
Et puis, tous trois assis, longuement nous causons
De ce travail si dur, que tous nous accusons ;

Si dur, ô mes amis ! que la pauvre ouvrière,
Pour un morceau de pain, use sa vie entière,
Et ne voit devant elle, esclave du devoir,
Que deux gouffres ouverts : la Morgue ou le trottoir (9) !

Orpheline à seize ans ! Sans parents, sans famille !
Et rien pour avenir, rien, rien que son aiguille !
Une aiguille !... Et pourtant, à son premier essor,
Sur ses pas la jeunesse ouvre son sillon d'or,
Et vient, par les amours et les plaisirs suivie,
Faire luire à ses yeux les perles de la vie !
Une aiguille !... Et toujours, et le jour, et la nuit,
Il faut user ses yeux dans ce pauvre réduit,
Pour arracher d'un juif le denier du martyre,
Qui doit calmer la faim dont l'ongle la déchire !
Une aiguille !... ô malheur ! quand l'impur tourbillon
Agite tous les jours l'aile du papillon,
Quand les séductions, à la lèvre rougie,
Ouvrent de leur main d'or les portes de l'orgie !
L'orgie !... O pauvre enfant ! crois-moi, reste à l'écart
Avec ton indigence, avec le bon vieillard.
Un bal, un opéra !... N'est-ce pas dans ces fêtes
Que le mal triomphant va souffler ses tempêtes ?
Dans ce monde si beau, j'en sais qui, pour tes yeux,
Donneraient leurs festins et leurs salons joyeux,
Qui donneraient brillants, parfums, trésors, parure,
Pour le rayon si doux de ton âme si pure ;
Car la paix, ton trésor, de leur cœur a coulé
Comme l'eau coule, enfant, de l'argile fêlé !

Un bal, un opéra !... Regarde, toi qui souffre,
Oui, regarde à tes pieds l'impitoyable gouffre !....
Mais non, je ne veux pas ouvrir devant tes yeux
Des hontes d'ici-bas le spectacle odieux.
Il est, ô jeune fille ! il est sur cette terre
Une flamme du cœur plus douce et plus légère,
Et c'est en m'échauffant à ses rayons chéris,
En brûlant de son feu, que souvent je me dis :

Ève, fille du ciel ! Ève, mère chérie !
Que toute mère implore avec idolâtrie,
Toi qui vins nous porter le souffle créateur,
Ame des premiers jours, ange consolateur,
La terre, en vieillissant, t'aime et te chante encore,
Comme aux jours fortunés de la première aurore,
Quand la main du Seigneur, aux sentiers de l'Eden,
Répandait sur tes pas les roses de l'hymen !
Je te vois, je te vois, créature de flamme,
Rien ne voile ton front, rien ne voile ton âme ;
L'innocence du ciel, d'un pur rayonnement,
T'environne de grâce, ainsi qu'un vêtement.
Tu parais, et soudain l'homme à toi se confie ;
Il voit pendre à ton sein les coupes de la vie ;
Il voit dans ton maintien, sur ton front, dans tes yeux,
Les grâces que pour toi Dieu fit tomber des cieux !
Il voit, car ici-bas, divine enchanteresse,
Tout en toi, pour aimer, révèle une caresse ;
Il voit tes bras vers lui tendus pour l'embrasser,
Comme un anneau vivant, l'étreindre et l'enlacer ;

Il voit briller tes yeux et ta bouche sourire.
Il t'aime, et pour t'aimer, te cédant son empire,
Il goûte auprès de toi, dans un divin séjour,
Les longs enivrements du cœur et de l'amour !

Voilà, ma pauvre enfant, voilà, chère orpheline,
L'amour comme il coula de sa source divine ;
L'amour qui, seul ici, peut garder de l'affront
Cette sérénité qui brille sur ton front !
Aime donc, c'est par là que toute âme s'épure.
Aime le beau, le bien et la bonne nature ;
Aime tes doux oiseaux, tes fleurs et le ciel bleu,
Où l'on croit voir parfois sourire le bon Dieu !
Aime ce qu'a fait Dieu, laisse ce qu'a fait l'homme.
Et notre maître à tous, — c'est ainsi qu'on le nomme,
Cet amour chaste et pur, au bord de ton chemin,
Fera luire un rayon de son astre divin,
Et puis allumera dans ton âme immortelle,
A la source du bien, la vie universelle !

Le vieillard, en sortant, prit doucement mon bras,
Mit un doigt sur sa bouche, et puis me dit tout bas :
— Avant mon dernier jour, ami, j'ai fait un rêve,
Un rêve de bonheur : Dieu veuille qu'il s'achève !
Que Marie à mon fils vienne à s'unir un jour,
Tout mon bonheur sera de bénir leur amour !
Et je lui dis : — Mon père, attendez en silence.
Le dernier mot de tout n'est-il pas : Espérance !

LA VILE MULTITUDE.

Vous êtes tous frères !
— L'ÉVANGILE.

Prends et lis cette page, ô Vile Multitude !
C'est toi, troupeau maudit, qui dans la solitude,
Sur la montagne, au temple, au lit des indigents,
Écartais de Jésus les mépris outrageants ;
Toi qui chantais les traits de sa divine histoire,
Voulais le couronner sur un pavois de gloire,
Et pour garder ses pieds des ronces du chemin,
Déchirais sur ses pas ta tunique de lin !
C'est toi, l'esclave impur, la machine de Rome,
Qui, pour mêler la flamme à l'argile de l'homme,
Recueillis dans ton cœur le Verbe de la croix,
Aimas, souffris, prias pour conserver ses lois,
Et répandis, chrétien, tout le sang de tes veines
Aux applaudissements des matrones romaines !
C'est toi, le serf usé par de sanglants anneaux,
Dans l'enceinte de fer de cent mille créneaux,
Toi qui repris encor ce bout de chaîne antique,
Pour montrer, en comblant ton martyre héroïque,
Que le Christ eut aussi ses profanations,
Et que tout peut donner un joug aux nations !

C'est toi, peuple sans nom, travailleur, prolétaire,
Qui sortis, jeune aiglon, tout-puissant de ton aire,
Et nous retins émus, étonnés, haletants,
Sur la scène où vainqueur tu lançais tes Géants !
C'est toi qui fis tomber les Cours et les Bastilles,
Ainsi que des épis au tranchant des faucilles,
Pour conquérir enfin ces pouvoirs, cet appui,
Qu'un Agrippa menteur te dispute aujourd'hui !
Va, ta place est marquée aux pages de l'histoire !
Tu peux des temps passés invoquer la mémoire ;
Tu verras que toujours les révolutions
Jettent un nouveau masque au front des histrions.
Mais tu verras aussi que le flot d'infamie
Ne souille qu'en passant ta pensée endormie ;
Et qu'aux feux du soleil, à ton premier courroux,
Les histrions s'en vont, ainsi que des hiboux,
Pour te laisser alors, sans que ton pied recule,
Recommencer cent fois tes prodiges d'Hercule !

TRAVAIL ET VERTU.

> C'est la faim, c'est la soif, c'est la robe de bure,
> Le travail au soleil, le repos sur la dure,
> C'est enfin un labeur si terrible, entends-tu?
> Qu'on en fera peut-être un jour une vertu!
>
> ÉMILE AUGIER (*Le Joueur de flûte*).

Et moi, je me disais : — Implacable égoïsme,
Goliath éternel, armé par le sophisme,
Dis-moi, pour un peu d'or, quand donc cesseras-tu
D'opprimer sans relâche et travail et vertu ?

Et pour graver ton nom, Marie, en traits de flamme,
J'écrivis en rentrant ces deux cris de mon âme :

O douces fleurs d'en bas ! ô timides clartés !
Parfums que la nature et le cœur ont portés ;
Vertus qui cherchez l'ombre et vous couvrez de voiles,
Ne ressemblez-vous pas aux modestes étoiles
Que l'éclat du soleil épouvante et détruit,
Mais que porte humblement la robe de la nuit !

O musique divine ! ô Muse ! ô Poésie !
Va, je lègue aux enfers l'Olympe et l'ambroisie,

Les Titans pleins d'orgueil, les héros teints de sang,
Et tous les demi-dieux de l'univers naissant.
Ce ne sont plus les Grecs acharnés contre Troie ;
Les Grecs plus dévorants que des oiseaux de proie ;
Des guerres, des combats le murmure inhumain,
Le fer heurtant le fer, l'airain froissant l'airain ;
Ce n'est plus des vieux temps la lointaine harmonie
Que j'aime à voir tomber des lèvres du génie !
Dans cet humble grenier, chaste et pieux bercail,
Je vois le grand poëme écrit par le travail ;
Je vois dans tous les temps, au fond du même abîme,
Le vautour affamé dévorer sa victime,
Et je dis en pleurant : — Ah ! pour rompre ces fers,
O poëte divin qui règne sur les vers,
Pour briser le veau d'or, reviens sur cette terre ;
Reviens chanter encore, incomparable Homère,
Et dire aux nations l'Iliade sans fin
Qu'attendent le travail, la misère et la faim !

LE TREIZE JUIN.

Eu fœderum interpretes, societatis
defensores, religionis auctores!

CICÉRON.

Dieux de la satire,
Poussez tous un cri :
Le droit qu'on déchire
N'offre plus d'abri ;
Ce droit qu'on bafoue,
Dont chacun se joue,
N'est plus, mes amis,
Qu'un lit de Procuste
Qu'un pouvoir ajuste
Pour ses ennemis !

Ah ! comme une idole,
Sachez-le, mortels,
Ce droit qu'on immole
Veut de saints autels.
La main qui l'opprime
Soudain vers l'abîme

6.

Fait pencher l'État,
Ainsi qu'un navire
Qui roule et chavire
Sans voile et sans mât !

Oui, déjà s'égare,
L'aveugle troupeau ;
Déjà du barbare
J'entends le marteau :
— Guerre à la pensée,
Guerre à l'insensée,
Fille de Satan,
Qui vient sans entraves
Nous verser ses laves
Ainsi qu'un volcan !

Oui, l'intelligence
Est un don fatal ;
Et l'homme, s'il pense,
Doit penser le mal !
Si, près de Dieu, l'ange
Roule dans la fange
Et trouve un écueil,
Quelle âme un peu libre
Tiendra l'équilibre
Au vent de l'orgueil !

Oui, l'imprimerie
De ses mille bras,
Comme une furie
Tord nos cadenas :
Par elle, l'Église
Se meurt et se brise
Sans donner la foi ;
Par elle, tout s'use,
Tout, jusqu'à la ruse,
Tout, jusqu'à la loi !

Oui, peuple qu'on mène
Par de vains discours,
Tu dois dans l'arène
Trébucher toujours.
Va, laisse à ton maître
Le don de connaître,
Le soin de chercher ;
Pour toi, dans la foule,
Va, Sisyphe, roule
L'éternel rocher ! —

Et les marteaux tombent
Au milieu des cris ;
Les presses succombent
En mille débris !
Partout, sombre image !
La haine et la rage

Portent le courroux ;
Partout du Vandale
La hache fatale
Fait tomber ses coups !

Ainsi, la lumière
Par vous se proscrit,
Et dans la matière
Vous frappez l'esprit :
Votre haine folle,
Sans frein, sans boussole,
Proscrit en tout lieu
Ce rayon de flamme
Qui brûle notre âme,
Allumé par Dieu !

Ainsi, quand l'orage,
Sur le gouffre amer,
Vous pousse au naufrage,
Vous fouettez la mer.
Du grand roi d'Asie
Votre frénésie
Singe le courroux.
Allez, je respire,
Xerxès en délire
Vit encore en vous !

Voit-on la colère,
Tourbillon d'un jour,
Enchaîner la terre,
Et dompter l'amour ?
Derrière un nuage,
Voit-on dans l'orage
Le soleil pâlir ?
Et voit-on la sève,
Quand l'ouragan crève,
Au sillon tarir ?

Vit-on jamais l'homme
Vivre sous verrou ?
Paris, Sparte et Rome
Porter un licou ?
Non, car Dieu convie
Au banquet de vie,
Sans bâillon, sans fers :
Tout naît, tout vit libre,
Tout en équilibre
Roule en l'univers.

O vous qu'à l'empire
La force a portés ;
Vous dont le délire
Hait nos libertés,
Je veux d'un exemple
Que chacun contemple

Vous frapper ici ;
Je veux vous redire
Un trait qu'il faut lire.
Lisez, le voici :

Dieux ! quelles fanfares
Écoutez ! voilà,
Voilà les barbares
Enfants d'Attila !
Comme une avalanche,
Tout le Nord s'épanche,
Cataclysme humain,
Et, dans sa colère,
Étend sur la terre
Son manteau d'airain !

Eh bien ! ce déluge
Qui devait soudain
Laisser sans refuge
Le monde romain,
Ce déluge passe,
Et puis à sa place
L'Évangile a lui ;
Loi divine et pure
Que votre imposture
Déchire aujourd'hui !

Allez! sans relâche
Suivez vos destins;
Faites votre tâche,
Puissants Philistins :
Il arrive une heure
Où, dans sa demeure,
Samson renaissant,
Saisit vos couronnes,
Brise vos colonnes
Et meurt tout-puissant!

____

LA MISÈRE.

> Voilà le travail qui manque; on retranche
> sur le salaire, on retranche encore :—prends
> cela, ou meurs de faim.
>
> LAMENNAIS.

Seigneur ! n'est-il donc pas de bonheur sur la terre ?
J'avais dit : Espérance ! et tu disais : Misère !
Et le pauvre vieillard voyait tomber encor
Dans un dernier naufrage un dernier rêve d'or !

Ah ! vous ne savez pas, m'a-t-il dit, plein de flamme,
Combien ce monde encor compte de parias !
Et combien chaque jour la misère réclame
  De victimes à nos grabats !

O vous qui de ce siècle exaltez la puissance,
Cessez de nous jeter vos hymnes imposteurs !
Non, non, ne chantez pas, avant que la balance
  Ait pesé le poids de nos pleurs !

Au berceau de l'enfant, j'ai vu la pauvre mère
Présenter vainement la mamelle à ses cris ;
Et l'enfant, dans sa faim, presser, douleur amère !
  Presser en vain des seins taris.

Abandonnant la faim , la mansarde et les fièvres ,
J'ai vu la vierge, un soir, s'échapper du bercail ,
Et dans la rue , ô ciel ! chercher , le rire aux lèvres ,
    L'or qu'on refuse à son travail.

O souvenirs cuisants des tempêtes civiles !
J'ai vu la grève aussi rouiller tous nos outils ;
Et puis , les ouvriers s'en aller dans les villes ,
    Les bras chargés de lourds fusils !

Seigneur ! n'est-il pas temps que dans toutes les âmes
Descende le bonheur que donne l'équité ;
Et que l'horrible guerre , en éteignant ses flammes ,
    Fasse régner l'égalité ?

Ah ! pour moi , reprit-il , les yeux mouillés de larmes ,
Moi qui servis naguère et qui portai les armes ,
Moi qui, dans les sentiers où je traîne mes pas ,
N'implore d'autre paix que la paix du trépas ,
Pour de nouveaux malheurs faut-il donc que je vive !...
Lisez , ami , lisez la lettre qui m'arrive.
Et le vieillard , hélas ! me tendit, tout en pleurs ,
La lettre déchirante où je lus ses douleurs !

LA RÉACTION.

> Et ceux qui avaient dit : Nous sommes rois,
> prirent le glaive , et il se passa des choses
> étranges ; il y eut des chaînes , des pleurs, du
> sang, des voix confuses, des rires, des sanglots
> et des blasphèmes.
> Et je compris qu'il devait y avoir un règne
> de Satan avant le règne de Dieu ; et je pleurai,
> et j'espérai.
>
> LAMENNAIS.

Frappez , maîtres ! frappez ! Frappez ! en toute chose,
Le martyre ici-bas mène à l'apothéose !

Ainsi s'en va le monde , et l'homme, à chaque pas,
Ne semble s'élever que pour tomber plus bas !
Jésus n'entend chanter l'Hosannah populaire
Que pour monter bientôt au gibet du Calvaire ;
Et quand , après sa mort, les apôtres , ses fils ,
Pour nous régénérer s'arment du crucifix ,
Le Juste voit encor sa divine pensée
Sous la dent des lions mourir au Colisée.
Pour ton règne , Évangile , il faut le bras des forts ;
Il te faut les martyrs , il te faut mille morts ;
Et puis tu vois alors, à ta Croix souveraine
Les sépulcres blanchis abandonner l'arène ,
Et les dieux de la chair qui peuplent le forum
S'enfuir épouvantés devant ton labarum !

Frappez , maîtres ! frappez ! Frappez ! en toute chose ,
Le martyre ici-bas mène à l'apothéose !

Église et Monarchie ! à vos bras triomphants
Vous aviez attaché tous les peuples enfants ;
Et l'Europe par vous , au milieu des bastilles ,
Longtemps ne put marcher que sur vos deux béquilles !
Oui, votre robe , ô prêtre ! oui, votre pourpre , ô rois !
Dans leurs replis profonds avaient caché nos droits.
Oui , vous aviez refait , au nom de l'Évangile ,
Et la pensée esclave et le peuple servile.
Mais voyez !... La Raison triomphe de la Foi ;
Le peuple a déchiré la pourpre de son roi ;
Au choc des vérités que notre oreille écoute ,
Église et Monarchie ont craqué sur la route ,
Et le siècle , en frappant leur domination ,
Élargit tous les jours la Révolution.
Pas un peuple qui n'ait aujourd'hui sa bannière ,
Pas un homme qui n'ait lutté dans la carrière...
C'est l'assaut des géants et des dieux d'autrefois ,
C'est le duel à mort des peuples et des rois !

Frappez , maîtres ! frappez ! Frappez ! en toute chose ,
Le martyre ici-bas mène à l'apothéose !

Eh bien ! vous qui cherchez à fonder de nos jours
Ces vieilles royautés que nous brisons toujours ,
Vous les Monks d'aujourd'hui, qui, dans votre misère ,
Mendiez des soldats pour un trône éphémère ,

Vous tous, marchands du temple, intrigants, apostats,
Qui trafiquez pour vous du sort de nos États,
Vendeurs qui, bafouant nos jeunes républiques,
Grattez vos écriteaux pour garder vos boutiques,
Nous voyons, nous sentons, nous touchons de nos mains
Vos complots ténébreux, vos glaives souverains !
Du Tibre à la Vistule, aux deux bouts de l'Europe,
Votre trame d'airain partout nous enveloppe ;
Partout vous enclouez, oubliant l'ouvrier,
Le canon tout-puissant que tira Février !
Partout la liberté saigne de vos blessures ;
Partout l'égalité meurt de vos impostures ;
Partout l'intolérance, au mépris de la loi,
Fait germer la colère en répandant l'effroi ;
Partout, partout l'Europe, à chaque instant frappée,
Voit couronner la force et triompher l'épée !
Mais les pouvoirs du fer sont des pouvoirs maudits.
Allez, je suis prophète, allez, je vous le dis :

Frappez, maîtres ! frappez ! Frappez ! en toute chose,
Le martyre ici-bas mène à l'apothéose !

L'AMOUR.

Aimer, c'est vivre !
BYRON.
L'amour est plus fort que la guerre !
PIERRE DUPONT.

« Lyon. — Mon pauvre père, au lit de tes douleurs,
Pardonne, si je viens porter de nouveaux pleurs ;
Je tremble en t'écrivant, et j'écris sur la paille !...
Je suis deux fois blessé !... La fièvre me travaille !...
Pardonne, ô mon vieux père ! et retiens ta raison,
La faim m'a fait combattre... et je suis en prison ! »

Et puis... jeux déchirants d'une amère fortune !
Ce papier, teint de sang, écrit par l'infortune,
Écrit dans les tourments d'un horrible séjour,
Finissait doucement par un billet d'amour !
Saints aveux, mots touchants que d'une infirmerie
Le captif enchaîné rappelait à Marie,
Pour jeter à son âme, en ce jour de malheur,
Comme un miel embaumé, les flammes de son cœur.

L'amour, ô Marie ! est l'idole
Qu'adore ici-bas tout mortel ;
Dès qu'il commande, à sa parole
Toujours soumis, l'homme s'immole
A son autel.

7.

L'enfant lui-même, avec mystère,
Apprend tout bas à le nommer ;
Et le baiser de notre mère
Déjà nous dit que sur la terre
    Il faut aimer.

Là-haut, dans la maison divine,
Il remplit aussi le saint lieu ;
Et quand sa clarté l'illumine,
L'ange ébloui tremble et s'incline,
    En priant Dieu.

Tout près, j'entends un doux bruit d'aile :
Tous les oiseaux sont de retour.
Je vois le ramier, l'hirondelle,
Poser au haut de la tourelle
    Un nid d'amour.

Ange, suivons la loi si pure
Qu'on voit briller sur tout chemin ;
Suivons la loi de la nature,
Qui dit partout, dans son murmure,
    Ce chant divin.

Aimons-nous bien ! c'est un dictame...
Ton doux visage au doux contour,
Ton front si pur, tes yeux de flamme,
Déjà m'ont dit que dans ton âme
    Dieu mit l'amour,

Aimons-nous bien ! De ce voyage
Chassons la peur, chassons l'ennui.
Aimons-nous, et que mon courage,
Dans le tourbillon de l'orage,
     Soit ton appui.

Vois s'écouler dans la prairie
Le flot limpide du ruisseau :
Ainsi coulera notre vie,
Toujours belle, toujours fleurie,
     Jusqu'au tombeau !

Point de vengeance au cœur et point de fiel à l'âme !
Point de déchaînement contre son bouge infâme !
Seul l'amour caressait son triste souvenir;
Seul encore à ses yeux il ouvrait l'avenir.
L'amour et l'avenir !... Ah ! des saintes chimères,
Amis, ne bercez plus le lit de vos misères !
Je le vois jusqu'à vous, dans votre obscurité,
Le bonheur n'ira pas apporter sa clarté.
Le travail, mes amis, avec sa lutte ardente,
C'est cet enfer maudit que nous montre le Dante,
Cet enfer insondable où les esprits du mal
Mènent en triomphant leur cortége infernal;
Cet enfer éternel où conduit l'indigence,
Et qui vous dit au seuil : Ici, point d'espérance !

LE GRAND PARTI DE L'ORDRE.

> Et ubi solitudinem fecerunt, pacem
> appellant.
>
> TACITE.
>
> Pour un âne enlevé, deux voleurs se battaient.
> L'âne, c'est quelquefois une pauvre province;
> Les voleurs sont tel et tel prince.....
> Au lieu de deux, j'en ai rencontré trois :
> Il est assez de cette marchandise.
>
> LA FONTAINE.

Qui vive !.... Bonaparte ! Aux éclats du tonnerre,
Ce nom retentissant a foudroyé la terre;
Et seul il peut encor brider les factions
Que vomissent chez nous les révolutions.
Qui parle de sa mort ? Le boulet de l'Empire,
A Waterloo tombé pour un moment, expire;
Mais il vient jusqu'à nous bondir par ricochets,
Et la France a pu voir, par d'éclatants reflets,
Ce boulet tout-puissant, en dépit de la Chambre,
Jeter tous ses éclairs dans l'urne de Décembre !
Nous allons donc revoir briller à nos regards
Le prisme étincelant de l'ère des Césars;

Et le peuple, séduit à cette vieille amorce,
Bénira dans ses chants le géant de la force.
Nous reverrons la gloire et ses feux éclatants,
Le laurier des combats, le fer des combattants,
Et la patrie enfin, maîtresse du désordre,
Verra luire à son front la paix, l'Empire et l'ordre !

Qui vive !... D'Orléans ! C'est nous que les Trois jours
Ont couronnés naguère au milieu des faubourgs !
Ah ! nous avons souvent pleuré cette origine !
Le roi que fait le peuple est un roi qu'il domine ;
Février l'a prouvé ! Mais quel trône aujourd'hui,
Dans le dédale humain, peut trouver un appui ?
Tout règne a ses soucis, tout soleil a ses taches,
Toute Charte à la mort tient par quelques attaches !
Pourtant qui mieux que nous peut sur sa base asseoir,
Dans ce siècle mouvant, le rocher du pouvoir ?
Nous connaissons la France et les temps où nous sommes,
Et nous avons pesé la conscience des hommes.
Il n'est plus qu'un seul bien, il n'est plus qu'un trésor
Que tout rêve poursuit, qui mène à tout... c'est l'or !
Eh bien ! amis, que l'or, l'argent et l'industrie,
En un vaste tripot transforment la patrie !
Inaugurons un règne éclatant, éternel,
Un règne qui fera de la Bourse un autel,
Juste comme un écu, vertueux comme un code,
Riche, plus riche, amis, qu'un dieu dans sa pagode ;
Un règne qui fera de Brutus triomphant
Un mercenaire à jeun, souple comme un enfant,

Et qui par un gros sou, bâillonnant le désordre,
Pourra nous octroyer la Charte, un trône et l'ordre !

Qui vive !... Les Bourbons ! Mais les Bourbons aînés,
Les Capets que Dieu seul jadis a couronnés !
Des peuples souverains nous nions le baptême ;
Tout peuple qui s'insurge est un peuple anathème ;
Et si le bras d'en haut nous frappe par trois fois,
Dieu contre nous s'insurge et s'insurge sans droits !
Aussi depuis qu'on voit l'émeute en permanence,
Au nom de la misère, épouvanter la France,
Nous portons, en luttant contre les factions,
La tunique de sang des révolutions, ·
Comme Hercule autrefois portait dans le délire
La tunique de feu que lui fit Déjanire !
Mais nous ressuscitons, et nous sommes debout
Pour retirer enfin la France de l'égout,
Et faire refleurir, pour toujours, dans chaque âme,
Le lis immaculé de l'antique oriflamme !
Oui, dans ce labyrinthe où t'a conduit le sort,
Le droit divin peut seul, peuple, t'ouvrir un port :
Il le peut ; et si Dieu, dans son œuvre bénie,
Tira seul du chaos la vivante harmonie,
Seul aussi notre roi, du choc des passions,
Fera jaillir enfin la paix des nations ;
Car il a pour dompter le mal et le désordre
Deux pivots éternels : l'absolutisme et l'ordre !

O fantômes de rois ! c'est ainsi que toujours ,
Quand le vent populaire est tombé dans son cours,
C'est ainsi qu'on vous voit, du fond de vos cachettes ,
Pour égarer la foule, agiter vos squelettes,
Et dans l'ombre, à l'écart, vous disputer nos champs
Comme un trésor pillé la nuit par des brigands !
O rois ! détrompez-vous ! pour souiller nos histoires ,
Non, nous ne voulons plus de vos trahisons noires ;
N'avons-nous pas brisé, déchiré sans retour,
Ces pavois superflus, ces couronnes d'un jour,
Que l'orage déchire et que l'orage exhume ,
Ainsi qu'au sein des mers une mouvante écume.
Non , nous ne voulons plus que par d'indignes lois
Un peuple pèse moins que le dernier des rois,
Pour qu'on voie en vos mains, dépouillée et flétrie
Comme un champ de Naboth, retomber la patrie !
Vous nous portez la guerre, et vous chantez la paix !
Et vous voulez, ô rois ! qu'oubliant vos méfaits,
On s'incline en silence et que l'ordre revienne ?
L'ordre !... Ah ! marquons ce mot, il faut qu'on s'en souvienne !
Oui, l'ordre qu'on écrit aux bornes du chemin,
Pour tromper en passant les yeux du pèlerin ;
Oui, l'ordre qu'a payé la liberté ravie,
L'ordre rouge de sang qui règne à Varsovie !
L'ordre que les Hongrois, pressés dans un étau,
Ont vu renaître aussi sur les pas de Haynau !
L'ordre de Radetzki, quand, de sa bouche infâme,
Il condamne un soldat à fouetter une femme :
Exécrable vieillard dont le front blanchissant
Comme un bandeau royal porte un filet de sang !

L'ordre qui tient partout l'Europe enveloppée,
L'ordre enfin qui vacille au tranchant d'une épée !...
Eh bien ! nous voulons, nous, nous voulons à jamais,
L'ordre par le travail, la liberté, la paix ;
L'ordre qui coulera des mains de la justice,
Et fera vivre en nous la foi du sacrifice ;
L'ordre enfin que le Juste a payé de son sang
Pour tirer du vieux monde un monde renaissant,
Et qui doit faire, après vingt siècles de misères,
Du globe émancipé l'Éden des peuples frères !

LA BARRICADE.

> Vivre en travaillant, ou mourir en
> combattant !
>
> LES INSURGÉS DE LYON EN 1856.

Maudits les cris de guerre et les grêles de balles !
Maudits les jours de sang des grandes capitales !
Maudits ces abattoirs où la force et la faim,
Frères, nous font tomber comme un bétail humain !
O souvenirs couverts de nos crêpes funèbres,
Spectres déguenillés qui peuplez nos ténèbres,
D'une même patrie, indomptables soldats,
Soyez le dernier sang de nos derniers combats !
Allez, échos plaintifs qui glacez la mémoire,
Allez et retombez aux limbes de l'histoire ;
Et l'œil ne verra plus, après tant de chemin,
Abel agonisant sous le pied de Caïn !

Écoutez !... Quand le mal a comblé la mesure,
Un bruit sourd comme un râle, un lugubre murmure,
Un orage qui monte et grandit tous les jours,
Comme un souffle de mort gronde dans les faubourgs.

C'est la faim sans pitié, l'usure aux doigts avides,
Le travail sans espoir, la grève aux bras livides,
C'est la misère enfin qui brise les outils,
Qui pétrit le salpêtre et charge les fusils !
Tout n'est plus que tumulte, armes, cris de batailles ;
Le tocsin, les tambours, sonnent les funérailles ;
Debout, sans sourciller, devant les bataillons,
La blouse prolétaire, agitant ses haillons,
Au chant du désespoir, au bruit des fusillades,
Comme un rempart d'airain, dresse ses barricades.
Le feu part, le sang coule, et le doigt de la mort
Va toucher dans les rangs ceux qu'a marqués le sort !

Du sang ! toujours du sang ! Fatale destinée !
Quoi ! pour ravir notre âme à des rois enchaînée,
Pour conquérir les droits d'un peuple tout-puissant,
Frères, il faut combattre, il faut verser du sang !
Quoi ! pour émanciper l'Europe et ses misères,
Il faut cent ans de lutte, il faut cent ans de guerres !
Il faut toujours briser un trône renaissant,
Il faut toujours donner nos bras et notre sang !
Et quand, dans les foyers où règne un peuple libre,
On veut du bien, du mal, établir l'équilibre,
La vertu ne peut rien, le droit est impuissant,
Et nous voyons encor couler des flots de sang !

Assez, ô mes amis ! assez ! Dieu dans nos âmes
Auprès des vils instincts a mis les nobles flammes.

L'ange se lève et règne au-dessus de Satan,
Et l'arc-en-ciel reluit au sein de l'ouragan !
Si vous avez semé la haine et la colère,
Maîtres, si vos pouvoirs ont déchaîné la guerre,
Si vous avez enfin souffert et combattu,
N'est-il pas temps un jour de croire à la vertu ?

. . . .

Amis, dit Alexandre, un jour que son armée,
A travers les déserts, se traînait affamée,
Sans une ombre, un abri pour les fronts ruisselants,
Sans une goutte d'eau pour les gosiers brûlants ;
Amis, dit-il alors, les champs de Gédrosie
N'enseveliront pas les maîtres de l'Asie.
On m'a porté de l'eau ; ne soyez pas jaloux,
Cette eau, je la répands pour souffrir avec vous.
Je ne tremperai point mes lèvres dans cette onde :
Je boirai, mes amis, quand boira tout le monde !
Et soudain les soldats, au magnanime aveu,
Se lèvent pleins d'ardeur et partent pleins de feu.
Ils franchissent joyeux la brûlante poussière,
Et d'un sol plus fertile ils touchent la frontière !...

Ah ! méditez l'histoire ! A l'âme du grand roi,
Maîtres, dans nos déserts, allumez votre foi ;
Versez aussi la coupe où vous buvez l'ivresse,
Et le peuple aussitôt, bondissant d'allégresse,
Par un nouveau courage et de nouveaux efforts,
Peut aussi dans la joie atteindre aux nouveaux bords !

LA FRANCE.

Hinc populum latè regem, belloque superbum !
VIRGILE.

Non, malgré les ombres funèbres
Qui les suivent jusqu'au tombeau,
Dieu ne veut pas, dans les ténèbres
Laisser les peuples sans flambeau.
Pour les guider dans la carrière,
Il dit, et soudain sa lumière,
S'incarnant dans l'Humanité,
Présente aux yeux ravis du sage,
Marchant de rivage en rivage,
L'impérissable vérité !

Et rien ne voile l'étincelle ;
Car, pour consolider sa foi,
Comme une avant-garde immortelle,
Dieu montre à l'homme un peuple-roi !
Un peuple-roi dont la pensée,
Vers l'infini toujours lancée,

Rayonne pour tous les États,
Comme un soleil pour les planètes,
Comme un phare pour les tempêtes,
Comme un drapeau pour les soldats !

C'est ainsi qu'après l'esclavage,
Vieux prolétaires de Gessen,
Vous trouviez enfin en partage
Les champs bénis d'un autre Éden !
Et quand l'Orient, sur sa route,
Élevait dans la nuit du doute
Mille autels à ses mille dieux,
Vous faisiez luire sur l'abîme
Les feux que pour vous, sur sa cime,
Le Sinaï reçut des cieux !

Et toi, fille de l'harmonie,
Grèce, à nos yeux si grande encor,
C'est ainsi que de ton génie
L'homme a longtemps suivi l'essor :
Tes arts ont enchanté la terre,
Tes chants ont fait bénir Homère,
Tes pleurs ont fait rêver Platon ;
Et pour briser de vils esclaves,
Cent fois tu fis avec tes braves
Le prodige de Marathon !

C'est ainsi que le Capitole,
Broyant tout sous ses pieds d'airain,
Comme un troupeau que l'on immole,
Ensanglantait le genre humain ;
Afin que la terre asservie,
Haletante, implorant la vie,
Brisât ce joug humiliant,
Et vînt chercher la douce étoile
Qui s'élevait pure et sans voile
Aux bords sacrés de l'Orient !

A toi, France, aujourd'hui de prendre
Le drapeau des peuples élus !
A toi de le faire comprendre
Aux pèlerins irrésolus !
Car c'est toi qui le mieux dans l'âme
Fit descendre, ainsi qu'un dictame,
L'esprit que le Christ apporta,
Et qu'aux deux bouts de la carrière
On voit, comme un jet de lumière,
De toi monter au Golgotha !

Le monde à ton aspect s'incline,
Car dans les ombres du passé,
Le pur rayon qui t'illumine
Dit le chemin qu'il a tracé !
Comme un soleil qui de sa face
Fait jaillir à travers l'espace

Les feux dont Dieu le couronna,
Tu ne descends dans les mémoires
Qu'avec le cortége de gloires
Que ta vaillance moissonna !

C'est toi qu'un jour on vit descendre
En Orient, sous d'autres cieux,
Et dire, en bravant Alexandre :
O roi ! je ne crains que les dieux !
Quand Rome impose à l'Italie
Un joug de fer qui l'humilie,
Tu redescends avec Brennus ;
Et pour punir son arrogance,
Tu mets ton fer dans la balance,
En t'écriant : Mort aux vaincus !

Quand César contre toi s'élève,
Luttant pour tes foyers chéris,
Dix ans sans peur tu prends le glaive
Trempé par Vercingétorix :
Et si le sort trahit tes armes,
Sans t'humilier dans les larmes,
Tu ne songes qu'à ton courroux ;
Et souvent d'un bout de ta chaîne
Tu fais pâlir ta souveraine...
Et Rome tremble sous tes coups.

Au feu naissant de l'Évangile,
Nous voyons le géant romain,
Comme un colosse aux pieds d'argile,
Chanceler et crouler soudain;
Mais, du chaos de ses ruines,
France, tu vois à tes racines,
Ressusciter la liberté ;
Et seule alors, dans les batailles,
Tu vois sortir de tes entrailles
Le salut de l'Humanité.

Ici, c'est le fléau du monde,
C'est Attila, tant redouté,
Qui vient jeter sa lave immonde
Sur l'univers épouvanté;
Comme aux éclats d'un grand tonnerre,
A son aspect, partout la terre
Se voile et tremble en gémissant;
Mais tu parais, et son armée,
Au premier coup de ta framée,
Fuit à travers des flots de sang !

Là, de la Croix, nouvelle égide,
Tu vois le signe pâlissant
S'éclipser dans la nuit livide
Qu'apporte avec lui le Croissant :
Au front chrétien de l'Ibérie,
Les fils d'Omar, dans leur furie,

Du prophète ont gravé le sceau ;
Mais si tu montres ta bannière,
Soudain, la bande aventurière
Tombe en criant sous ton marteau !

Te voilà libre, et Charlemagne,
Que tu portes sur ton pavois,
Va jusqu'au fond de l'Allemagne
Dicter en triomphant tes lois.
Vit-on plus loin s'avancer Rome ?
Vit-on jamais pour un seul homme
Se heurter plus de combattants ?
Vit-on la pointe des épées,
Au livre d'or des épopées,
Marquer des noms plus éclatants ?

D'un triple cercle environnée,
Sans droits, sans force et sans drapeaux,
Tu vois alors la destinée
Lier tes mains par trois anneaux :
Tu languis dans l'ignominie,
Le cloître étouffe ton génie,
Les rois prennent ta liberté ;
Et si parfois ta voix s'élève,
On crie, en te montrant le glaive :
Noblesse, Église, Royauté !

Ah ! ce n'est pas, ô tyrannie !
Ce n'est pas dans tes régions
Qu'on voit éclater le génie
Qui couve au sein des nations.
Du sein de la foule avilie,
Qu'un stupide orgueil humilie,
Un jour s'échappe un ouragan,
Comme une lave comprimée,
Et qui jaillit tout enflammée
Du noir abîme du volcan.

C'est le père des prolétaires ;
C'est le Jacques, l'homme de rien,
Qui, loin des routes séculaires,
Trouvera les sentiers du bien !
A l'humble toit de la Commune,
Je vois, au vent de sa fortune,
Naître, grandir la nation ;
Je vois sa main, que rien n'arrête,
Tout briser, et dans la tempête
Sacrer la Révolution !

La Révolution ! c'est l'âme,
O France ! qui palpite en toi,
Et qui doit, en rayons de flamme,
Remplir les tables de ta loi.
Ce n'est plus pour les dynasties
Les châteaux forts, les sacristies

Pour un vieux prêtre, un noble, un roi ;
Ce n'est plus pour l'orgueil d'un homme,
De quelque nom qu'on le surnomme,
Que ton cœur a gardé sa foi.

Un homme ! Ah ! vois dans la carrière,
Monté sur un char radieux,
Un héros, né dans la poussière,
S'élancer, comme un aigle, aux cieux !
Autour de lui tout fait silence,
Et son bras met dans la balance
Un joug, un dieu, des lois, des fers ;
Tout à ses pieds est dans la poudre.
Eh bien ! regarde..... un coup de foudre,
L'engloutit seul au fond des mers !

L'Humanité, dans sa vieillesse,
A pu voir, sur ses pas errants,
L'étroit chemin de la sagesse
S'élargir pour des jours plus grands :
L'homme enivré voit les barrières
S'user enfin sur les frontières,
Et s'embrasser les nations ;
Il voit déjà poindre l'aurore
Où l'Europe, captive encore,
Saluera les amphictyons !

C'est le pouvoir qui perd son glaive !...
Et bientôt, pour des temps meilleurs,
Nous atteindrons le bien que rêve
Le libre esprit des Travailleurs !
O Dieu ! c'est la terre où nous sommes
Qui va voir enfin tous les hommes,
Au banquet de l'égalité,
S'unir au même sacrifice,
Et puiser au même calice
Le vin de la fraternité !

Marche, marche, d'un pas rapide !
Entr'ouvre les divins sillons !
Va, Dieu le veut, c'est toi qui guide
Du monde entier les bataillons !
Va, Dieu le veut, son règne arrive,
L'œil entrevoit de loin la rive
Où vont cesser tous les discords ;
Et c'est toi, terre de lumière,
France, qui verra la première
L'astre sacré des nouveaux bords !

On dit : C'est Sion qui rayonne,
Éclairons-nous à ses clartés !
Puis on répond : C'est Babylone
Croulant sous ses iniquités !
Qu'importe que, dans la mêlée,
Où tu combats échevelée,

Pour affranchir le genre humain,
Le siècle t'apporte en échange
Ou l'anathème, ou la louange
De ceux qu'aura sauvés ta main !

France, tu gardes l'étincelle,
Flambeau des peuples révoltés ;
Et le monde ébranlé chancelle,
Au seul cri de tes libertés.
Des rois pour ébranler l'empire,
Seule, tu fais dans ton délire
Tonner les Révolutions,
Et luire enfin, pour tout le monde,
Le verbe saint, la loi féconde,
Qu'attend le vœu des nations !

Ah ! suis toujours cet Évangile,
Né dans les feux et les éclairs ;
Et que le glaive en vain mutile,
Car son souffle a rempli les airs ;
Cet Évangile qui fait vivre,
Qui nous enflamme et nous délivre,
Et qu'il faut toujours proclamer :
Soyons libres pour nous défendre !
Soyons égaux pour nous entendre !
Soyons frères pour nous aimer !

LES RICHES.

> Malheur à vous qui êtes rassasiés, parce que
> vous aurez faim ! Malheur à vous qui riez
> maintenant, parce que vous serez réduits aux
> pleurs et aux larmes !
>
> L'ÉVANGILE.

Le Peuple est l'Océan dont j'ai sondé le gouffre ;
Il polit dans ses flots la perle et les trésors,
Tandis que de sa voix, comme une âme qui souffre,
Il jette au vent des nuits ses lugubres accords.

Il soupire, il murmure, il ronge ses rivages ;
Il demande à grands cris leur colère aux autans ;
Puis il se lève alors, à la voix des orages,
Et déchire le monde au choc des ouragans !

Et toujours le flot monte, et toujours il s'épanche ;
Car il garde toujours sa fange au fond des eaux,
Tandis que sur sa crête, avec l'écume blanche,
Volent l'heureux esquif et les puissants vaisseaux !

Tout en haut, rien en bas ! — Deux levains de tempêtes !
O Peuple, répondez ! répondez, Océan !
Pourquoi porter ainsi tant de fleurs à vos têtes,
Pendant que sous vos pieds bouillonne le volcan ?

A Dieu de refermer le puits de vos abîmes,
Et de sourire au peuple, et d'apaiser les flots !
A Dieu de dire enfin : Terre, assez de victimes !
Peuple, Océan, dormez dans les bras du repos !

Et puis à vous aussi qui mesurez de l'aile,
Ainsi que l'oiseau roi, dans sa sphère éternelle,
        Les rayons brûlants des soleils ;
Et qui ne cherchez point, dans ces flots de lumière,
Si l'humble passereau, laissé dans la poussière,
        Trouve aussi des destins pareils !

A vous, lutteurs géants, indomptables athlètes,
Qui, couronnés vainqueurs, passez, au bruit des fêtes,
        La palme à vos fronts triomphants,
Et qui ne voyez point, dans la même carrière,
Le vaincu qui succombe et râle dans l'ornière,
        Sous vos deux genoux étouffants !

A vous, heureux, puissants, riches, grands de la terre,
Qui, loin des lourds cahots des sentiers de misère,
        Suivez le bonheur à pas lents ;

Et qui, dans cette arène où l'œil jaloux vous guette,
Sans un pli sur vos fronts, faites luire l'aigrette
           De tous vos jours étincelants !

A vous d'interroger et de peser la vie ;
A vous de dire enfin si les doigts de l'envie
           Nous déchireront à jamais ;
Ou si les pauvres Jobs qui tendent l'escarcelle
Un jour verront sur eux tomber une parcelle
           Des biens que le sort vous a faits.

Le sol bout sous vos pieds ! Eh bien ! de ces cratères
Apaisez par un mot la lave et les colères,
           Prêtez l'oreille à leurs soupirs ;
Voyez : je n'ai levé qu'un seul coin de ce voile
Et déjà sous vos yeux cette page dévoile
           Le Golgotha de trois martyrs !

Un vieillard ! — Ballotté sur nos vagues profondes,
Il implore un abri contre les flots mouvants,
Et son navire usé, fracassé par les ondes,
Erre au gré de la mer, comme la feuille aux vents.
Il attendait toujours la tardive colombe,
Avec le doux rameau qui présage le port.
Mais quoi ! le fossoyeur creuse déjà sa tombe,
           Le voilà couché dans la mort !

Une vierge ! — Elle est là rêvant quelque chimère,
Un plaisir, un amour, une fête, un bonheur ;
Un bonheur ?... Ah ! pour elle, enfant de la misère,
Pour elle, pauvre fille, esclave du labeur,
Le bonheur est ce fruit, plein de poussière aride,
Qu'un ciel brûlant fait luire aux rives du Jourdain,
Mais qui ne laisse, hélas ! à notre lèvre avide,
        Qu'un poison pour calmer la faim !

Un ouvrier ! — Je crains, ô muse trop hardie !
De souffler sur la cendre et d'allumer le feu.
Mais non : plus de brasiers, de flammes, d'incendie,
Rien que l'élan du cœur, rien que l'amour de Dieu !
Riche, est-ce donc pour vous un rude sacrifice ?
Si vous avez de l'or, lui, n'a-t-il pas ses bras ?
Silence, amis ! silence ! attendons la justice...
        Jour de justice, tu viendras !

Honte à vous ! — Vous irez chercher dans la carrière
Un granit qui vivra sous le ciseau des arts ;
Et vous battrez des mains quand le marbre et la pierre
Montreront sur le socle un vain moule aux regards !
Devant ce piédestal vous chanterez louange,
Vous aurez pour ce dieu, de l'encens, un autel,
Vingt siècles béniront les blocs de Michel-Ange
        Et les vierges de Raphaël !

                                        9.

Honte à vous ! — Vous irez demander à la lyre
Un éphémère accord qui berce vos amours,
Un vain son que l'écho peut à peine redire,
Un son qui de vos doigts s'envole pour toujours ;
Et ce bruit vous enflamme, et votre âme échauffée
Consacre à des soupirs des hymnes éclatants,
Et la mémoire écrit David, Homère, Orphée,
     Sur le livre oublieux du temps !

Et l'homme ?... L'homme est là, sous vos pieds, dans la fange ;
L'homme, granit vivant, l'homme, instrument divin,
L'homme qui, sous vos doigts, peut devenir un ange
Pour chanter à son tour le cantique sans fin ;
Et depuis six mille ans, plongé dans les ténèbres,
Il attend que l'Amour descende en son réduit,
Il attend qu'un rayon de ses ombres funèbres
     Vienne enfin dissiper la nuit !

Honte à vous ! — Il est temps qu'un éclair de justice,
Après tant de douleurs, s'allume sur vos fronts ;
Il est temps que le droit, par un grand sacrifice,
Sur les traits de cet homme efface les affronts.
Un sourire de vous !... et son âme exaltée
Va révéler en lui l'enfant tombé des cieux.
Un regard !... et soudain le feu de Prométhée
     Jaillira brûlant de ses yeux !

Quoi ! l'humble fleur des champs qui s'ouvre à la lumière
Trouve son doux arome et sa vive couleur ;
Le roitelet timide, au toit de la chaumière,
Peut se bâtir un nid, sans craindre l'oiseleur ;
Les airs, les bois, les champs, d'un sublime murmure,
Chantent le Dieu vivant qui fit naître le jour,
Et l'homme, au grand banquet donné par la nature,
    Ne peut mêler un cri d'amour ?

Frères, dans ce concert d'éternelle harmonie,
La matière à l'esprit n'a pu ravir ses droits ;
Non, l'instinct ne voit pas mieux que l'œil du génie :
C'est à l'homme, ô Nature ! à te dicter des lois.
Frères, c'est à l'Amour à prendre enfin l'empire,
C'est au peuple vainqueur à briser son écueil,
C'est au monde à frapper dans son morne délire
    Ce Titan qu'on appelle Orgueil !

L'AUTORITÉ.

Il est impossible qu'un prince nouveau s'exempte d'être cruel.

HOBBES.

Diviser pour régner.

MACHIAVEL.

L'autorité marche vers le despotisme, comme le fleuve marche vers l'océan.

MONTESQUIEU.

Quand l'égalité fut bannie,
L'homme inventa la tyrannie,
Pour qu'un seul exprimât ses droits ;
Mais, au jour de Dieu qui se lève,
Le sceptre tombe sur le glaive,
Nul n'est esclave et tous sont rois.

LAMARTINE.

Il n'y aura pas de maître parmi vous.

L'ÉVANGILE.

Aucun homme, en tant qu'il soit homme, n'a de droit, de pouvoir, ou d'autorité sur un autre homme. C'est pourquoi la suprématie exercée par l'homme est un vol, une usurpation, une injustice, un sacrilége.

R. P. VENTURA.

I

Peuples, enfants perdus d'un globe de poussière,
Pèlerins de la nuit qui cherchez la lumière,

Que de feux, que d'éclairs votre esprit triomphant,
Comme un dieu créateur, a tirés du néant !
Vous avez des soleils dévoilé le mystère ;
Vous avez mesuré, pesé, fouillé la terre ;
Vous avez, tout meurtris des ronces du chemin,
Épuisés, haletants, sur la route sans fin,
Vous avez, six mille ans, sans relâche et sans trêve,
Cherché la terre sainte et suivi comme un rêve
Ce mirage du ciel que l'humaine raison
Sans l'atteindre jamais voit luire à l'horizon !
Néant ! néant ! néant ! Le monde, où tout s'efface,
De vos pieds déchirés garde à peine la trace :
Jour ici, nuit là-bas ! Ainsi qu'à son berceau,
La terre, de nos jours, cherche encore un flambeau ;
Et l'esprit plein de doute, errant comme un fantôme,
Interroge le siècle et demande où va l'homme !

II

Où va l'homme ?.... Et pourtant les maîtres souverains
Ont tenté tour à tour tous les sentiers humains.
Liberté, gloire, orgueil, force, raison, génie,
L'homme a tout couronné pour trouver l'harmonie ;
Et le bien éternel fuit toujours devant lui !
Et l'on doutait hier, et l'on doute aujourd'hui !
Le sage qui médite en Platon voit un père,
Le poëte en chantant regrette encore Homère ;
L'Évangile lui-même, au Dieu qui l'apporta,
Dans Rome doit sembler moins grand qu'au Golgotha ;

Paris, pour s'affranchir, demande, comme Athènes,
Le fer d'Harmodius, la voix de Démosthènes.
On dirait qu'en marchant l'errante Humanité
Ne voit que pour mourir naître la liberté.
Vain orgueil! Les géants d'Italie et des Gaules,
Comme Antée, ont porté longtemps sur leurs épaules
Le poids du genre humain. Eh bien! sombre destin!
Les maîtres du Dix-Août et du mont Aventin
N'ont monté qu'un seul jour sur ce faîte sublime,
Et bientôt descendus au fond du même abîme,
Ils n'ont fait que passer, en changeant d'étendards,
De l'égout des Tarquins à l'égout des Césars!

III

Et pourquoi? car il faut à cette heure suprême,
Peuples, il faut enfin résoudre ce problème.
Pourquoi donc traînez-vous jusqu'à votre trépas
Le nuage d'erreur qui s'attache à vos pas,
Comme un fleuve qu'on voit charrier dans sa course
Le limon qui le souille et qu'il prit à sa source?
Pourquoi s'armer du fer, ô peuple de Brutus?
Auguste après César rira de vos vertus;
Et vos enfants verront sortir de leurs abîmes
Les idoles qu'un jour le sort fit vos victimes.
Ainsi par cent conflits et par un jeu fatal,
On va du mal au bien et puis du bien au mal;
Ainsi le vieux destin revient dans sa balance
Peser à poids égaux le crime et l'innocence;

Ainsi, dans tous les temps, ce flux et ce reflux
D'héroïques efforts, mais d'efforts superflus;
Ainsi semblable à l'astre, errant dans son orbite,
Toujours sans s'affranchir, l'Humanité s'agite.
Pourquoi, si nous devons par un nouvel hymen
Nous rapprocher un jour des routes de l'Éden,
Et bien heureux alors, sur ce dernier rivage,
Saisir enfin de Dieu l'insaisissable image;
Pourquoi donc ces erreurs, ces chutes, ces débris,
Tous ces renversements, ces pleurs, ce sang, ces cris?
Pourquoi tout ce passé plus sombre qu'un suaire,
Et ce chemin semblable au chemin du Calvaire?

IV

Ah! devant ces tableaux qui toujours renaissants,
Mystères de l'histoire, attristent les passants,
Il est temps de jeter nos regards en arrière,
Et de peser des morts l'éloquente poussière.
Abîmes du passé, vastes mers dont les flots
Semblent dans leur murmure emporter des sanglots,
Et dont le temps rapide, en déployant ses ailes,
Élargit dans son vol les rives éternelles,
Mondes évanouis, répondez! Le trépas
Est le révélateur des secrets d'ici-bas;
Et la mort doit enfin, sa colère assouvie,
Expliquer aux vivants l'énigme de la vie.

V

Pourquoi ?... C'est que toujours, comme un jouet du sort,
Depuis que le plus faible a servi le plus fort,
Au pied du même autel et pour la même idole,
En tout temps, en tout lieu, l'Humanité s'immole!
Fils de l'homme, à genoux! Adore à ton berceau
Et ta première entrave, et ton premier bandeau :
L'Orient a forgé les chaînes infinies
Qui vont river tes bras au char des tyrannies.
Adore tous tes dieux, et dans la poudre, en bas,
Va cacher ta misère, enfant des parias!
Fils de l'homme, à genoux! Viens, viens sur ce rivage,
Le Nil arrose aussi les champs de l'esclavage.
Féconde ces déserts, dévore tes affronts,
Et porte deux mille ans le joug des Pharaons.
Fils de l'homme, à genoux! Voici le sol des braves.
Mais, hélas! Rome, Athène, ont aussi leurs esclaves,
Et semblable à Saturne aux deux bras étouffants,
Le Dieu des peuples rois dévore ses enfants!
Fils de l'homme, à genoux! La voix du sanctuaire
A fait même un tyran de l'agneau du Calvaire;
Le prophète d'amour, flambeau de l'avenir,
L'apôtre descendu pour aimer et bénir,
N'est plus qu'un Dieu vengeur, frémissant de colère,
Qui fait peser sur toi l'éternelle misère (10) !

Fils de l'homme, à genoux ! sous le joug d'un sultan,
C'est Mahomet qui vient t'atteler au Coran ;
Et le Coran vivra par la raison des glaives,
Et tu t'enivreras du parfum de ses rêves !
Fils de l'homme, à genoux ! L'Europe deux mille ans
Gémit sous le pilon de deux mille tyrans ;
Et ces rois insulteurs, à la foule servile
Ont fait luire en riant l'astre de l'Évangile,
Comme autrefois au Christ, la main de son bourreau,
Pour le saluer roi lui tendait un roseau !
Fils de l'homme, à genoux ! Soulève ta paupière ;
Compte les demi-dieux debout dans la carrière.
Regarde ! Pharaons, Empereurs, Conquérants,
Princes, Sultans, Césars, Rois, Héros et Tyrans,
Tous, ainsi que les dieux qui font de nos supplices
L'encens et le tribut de tous leurs sacrifices,
N'ont revêtu la pourpre et pris le sceptre en mains
Que pour martyriser la terre et les humains !

VI

A genoux, travailleur ! à genoux, prolétaire !
Et dévore en secret l'outrage séculaire
Que les scribes payés des dominations
Jettent pour affermir le joug des nations !
— Le peuple ?... C'est la foule au bras fort, au cœur vide,
C'est le troupeau qui va sans boussole et sans guide ;

La famille de Cham, d'Agar, de Chanaan,
Roulant, comme la fange au fond de l'Océan ;
C'est le flot qui murmure et que tout vent secoue,
Le flot des Spartacus accroupis dans la boue !
Ah ! laissez tous ces gueux, laissez tous ces haillons,
Que l'envie et l'orgueil lèvent par bataillons,
Et qui s'en vont répandre, au milieu des rapines,
Le venin dont l'enfer a gonflé leurs poitrines.
Laissez-les dans la nuit : l'antre de ces lions
Au jour ne montrerait que des rébellions.
Desséchez un marais, vous aurez des reptiles ;
Interrogez l'orgueil, vous aurez les Zoïles.
Vous n'avez qu'un seul frein, vous n'avez qu'un bercail
Pour contenir ces cœurs débordants : — Le Travail ! —

VII

Mais le Travail répond du fond de sa misère :
— C'est moi qui de mes mains ai fécondé la terre ;
Si vous trônez en haut, moi, moi, je lutte en bas,
Par mon cœur, ma raison, ma pensée et mes bras ;
Je livre les combats, je gagne les victoires,
Dont vous faites, tyrans, les rayons de vos gloires !
C'est moi qui vis grandir dans un obscur chantier
L'enfant béni du ciel, l'enfant du charpentier,
Le Dieu que vos pouvoirs, dans leur rage ennemie,
Ont cloué lâchement au gibet d'infamie.

C'est moi qui, m'élançant vers ces globes vermeils,
Ai vu se balancer la terre et les soleils,
Pendant que vos bourreaux, pour votre ignominie,
Éteignaient dans les fers le regard du génie !
C'est moi qui, faisant vivre un métal sous ma main,
Jette en mille rayons l'esprit au genre humain,
Tandis que vos hiboux, dans une imprimerie,
Ne savent que pleurer les jours de barbarie !
C'est moi qui, pour ouvrir toutes les régions,
Pour unir à jamais toutes les nations,
Arrachant à la nuit des lumières nouvelles,
Donne au char, au navire, une âme, un feu, des ailes ;
Et qui domptant bientôt la foudre et les éclairs,
Comme un dieu marcherai triomphant dans les airs !
J'ai su, moi, le labeur, moi, la grande victime,
Enchanter, éclairer, féconder mon abîme ;
J'ai su braver vos coups ; j'ai su briser vos fers.
Malgré vous, ô tyrans ! j'affranchis l'univers :
Car dans l'arène sainte, au milieu des batailles,
Comme la femme aussi qui sent dans ses entrailles,
Avant que la douleur vienne marquer son jour,
Tressaillir, palpiter le fruit de son amour,
L'Humanité pressent dans ses veines de flamme
Les œuvres à venir qui couvent dans son âme,
Et dont le doigt de Dieu, par des soulèvements,
A son heure accomplit tous les enfantements !... —

VIII

Et le Travail grandit dans l'œuvre qui se fonde !
Et l'outil désormais sera l'axe du monde !
Car depuis que le peuple, en touchant les héros,
A pu palper leurs chairs, a pu compter leurs os ;
Depuis qu'en disséquant leur majesté fragile,
Il sait qu'à son image ils sont pétris d'argile,
Son bras, comme autrefois, pour venger ses affronts,
N'attend plus aujourd'hui la mort des Pharaons.
Que la main des pouvoirs ou s'étende ou se ferme,
Quand de ses libertés l'homme a senti le terme,
Nous voyons éclater au sein des nations,
Comme à la voix de Dieu, les Révolutions.
Les Révolutions ?... Ce sont des eaux fécondes !
Ce sont les eaux du Nil qui porte dans ses ondes
Le limon bienfaisant, le flot réparateur,
Qu'attend pour le travail la main du laboureur.
Laissons crier sur nous les prophètes d'alarmes :
Le mal voit s'émousser la pointe de ses armes ;
Et les sources du bien, toujours, toujours croissant,
Au creuset des douleurs s'en vont s'élargissant !
Laissons les rois pleurer leur antique héritage :
Avec les rois s'en vont la force et l'esclavage ;
Et Dieu, de mille éclairs déchirant nos brouillards,
Déroule en traits de feu le Droit à nos regards.

Laissons les Jérémie épancher leur colère :
Si jamais l'ouragan n'a pu briser la terre,
Jamais non plus, depuis que pour l'Humanité
A lui le rêve d'or de la félicité,
Jamais, en érigeant sa fragile barrière,
Le pied d'aucun tyran n'a pu dans la carrière
Arrêter un instant, sur son chemin béni,
Le char de vérité roulant vers l'infini.
Le monde de nos jours regarde un autre pôle ;
Il a changé de route et changé de boussole.
Et si le passé dit : Pouvoir, Autorité !
L'avenir nous répond : Travail, Humanité !

LES LARMES.

> Avez-vous vu sur un cercueil ce long drap
> noir, semé de larmes ? C'est l'image de la vie !
>
> LAMENNAIS.

Comme la goutte de rosée
Qui va porter, quand vient le soir,
A la bruyère méprisée
Un peu de vie, un peu d'espoir ;
Comme le chant de Philomèle,
Qui charme de sa douce voix
Le désert où l'on n'entend qu'elle
Et les échos lointains des bois !
Ainsi j'allais, ô poésie,
Descendant de ton ciel d'azur,
Verser aussi ton ambroisie
A l'humble asile, au chaume obscur ;
Et tout brûlant de ton délire,
Auprès des cœurs infortunés,
Je faisais soupirer ta lyre
A des foyers abandonnés.

Stérile espoir ! Joie éphémère !
Pour le pauvre dans ses douleurs ,
Pour le travail, pour la misère ,
Les chants, hélas ! ce sont des pleurs !
Pleure, pleure, Muse divine !
Le fils est mort sur un grabat ;
Sa mort a frappé l'orpheline ,
Et son père, le vieux soldat !
Plus d'avenir, plus d'espérance :
Tout s'est brisé sur nos écueils ;
Tout, travail, vieillesse, innocence...
La mort a cloué trois cercueils !
Pas une larme pour leur bière ;
Pour leur tombeau, pas de cyprès :
Nos prêtres vendent leur prière !
Il faut de l'or à leurs regrets !
Qu'importe ? Amis , paix à vos tombes
Et gloire à votre humilité !
Pauvre ici-bas, quand tu succombes
Dieu t'ouvre l'immortalité !
Qu'importe alors à ta misère
L'orgueil du monde et tout son fiel ?
Là-haut les pauvres de la terre
Sont les rois triomphants du ciel !

LES CROYANCES.

> Ils ne prévaudront pas les hommes qui l'entourent
> De leurs obscurs réseaux ;
> Ils passeront ainsi que ces lueurs qui courent
> A travers les roseaux !
>
> VICTOR HUGO.

> L'austère vérité n'a plus de portes closes,
> Tout verbe est déchiffré. Notre esprit éperdu,
> Chaque jour en lisant dans le livre des choses,
> Découvre à l'univers un sens inattendu.
>
> VICTOR HUGO.

Venez loin de Paris, venez à mon berceau,
Chercher mon premier guide et mon premier flambeau !
Il est, il est là-bas, aux champs de ma patrie,
Au fond de ma Bretagne, une terre chérie ;
Un saint pèlerinage où tout croyant breton,
Pour le moins une fois, va chercher son pardon !
Sainte-Anne, c'est son nom. Sainte-Anne, à sa chapelle
Plus riche d'ex-voto que Jacque-en-Compostelle,
Par tout un peuple épris de souvenirs touchants,
D'une foi qui chancelle entend les derniers chants.
Là, n'a jamais vibré, sous la voûte bénie,
Des ténors d'Opéra la mondaine harmonie.

Là, n'ont jamais tonné ces foudroyants discours
Que l'anathème impie accompagne toujours,
Et qui pour caresser un public idolâtre,
Font du culte une enseigne et du temple un théâtre.
Là, point de riche offrande et point de mitre d'or ;
Point d'orgueilleux prélats oublieux du Thabor,
Qui font, en étalant leur majesté païenne,
Mentir effrontément l'humilité chrétienne !
Rien, rien, que la prière et les hymnes connus :
Des naufragés en pleurs, des pèlerins pieds nus,
Qui, le rosaire en main, viennent brûler un cierge,
Et prier à genoux la mère de la Vierge !
Oui, la vieille Armorique, en été, tous les ans,
Comme un tribut d'amour, porte là son encens ;
Et ses vœux, et ses chants, et son cœur, tout proclame
Le culte que le temps a gravé dans son âme !
Et puis, près de Sainte-Anne, asile de la foi,
Dans ces marais, ces prés, ces landes, suivez-moi ;
Venez au bord des mers et parcourez ces grèves
Où le vent du passé berça mes premiers rêves :
Tout parle des vieux temps, tout retrouve une voix,
Pour montrer devant vous l'Oriflamme et la Croix !
Dites, quel est, au pied de ce coteau sauvage,
Cet enclos que la mer vient baiser sur la plage ?
On dirait qu'il soupire aux plaintes des sapins
Qu'un vent lugubre agite au haut de ces ravins.
C'est le pré des Martyrs (11) ; c'est le champ de ténèbres
Que l'histoire a couvert de ses voiles funèbres,
Et que la foi bretonne aime et chante aujourd'hui,
Comme une arène sainte où sa croyance a lui !

Plus loin, quel est au bout de la route poudreuse
Qui s'offre devant nous au seuil de la Chartreuse,
Quel est ce haut clocher battu des ouragans ?
Ce clocher ? C'est Auray, la Mecque des Chouans !
Auray, la ville sainte, où l'on pendrait encore
Les bleus, comme autrefois, au cordon tricolore ;
Auray qui doit chanter dans un hymne éternel
La double majesté du trône et de l'autel !
Enfin, quelle est là-bas la tragique falaise
Où des Français, unis à la colère anglaise,
Un jour ont vu sur eux, dans un cercle d'airain,
Tomber avec la mort le feu républicain ?
C'est Quiberon ! C'est là que le chouan fidèle
Fit de son âme encor jaillir une étincelle,
Pour relever un jour le drapeau de la Foi,
Pour venger la Bretagne et couronner son roi !
Ainsi de ville en ville, ainsi de plage en plage,
Des temps évanouis vous trouvez là l'image :
Vannes, Sainte-Anne, Auray, Quiberon, les Martyrs,
O mes premiers amours, mes premiers souvenirs !
Oui, c'est auprès de vous, sur vos saintes collines,
C'est au bruit cadencé des prières latines,
Que je trouvais, enfant, retracés en tout lieu,
Trois mots resplendissants : Le Roi, le Pape et Dieu !

Le Roi !.... Dans les hauteurs d'une sphère élargie,
J'ai bien pesé depuis la grande trilogie.
J'ai fouillé le passé, j'ai sondé le présent,
J'ai dénoué ce joug barbare et malfaisant

Que l'histoire en pleurant a tressé d'âge en âge,
En haut pour l'insolence, en bas pour l'esclavage ;
Et quand partout enfin j'ai vu l'autorité,
Pour un pouvoir maudit, outrager l'équité,
Un jour j'ai demandé si nos cœurs, si nos âmes,
Ont besoin d'une main pour épancher leurs flammes,
Et s'il faut un pasteur à tout peuple, en tout lieu,
Comme aux troupeaux un guide, ou comme au monde un Dieu !

Un roi !... Mais ce monarque, idole de la terre,
Cet élu du Seigneur que vous nommez un père,
Sous le manteau de plomb des lambris étouffants,
N'a jamais vu de lui s'approcher ses enfants !
Ce roi n'est plus un roi ! Cette puissance occulte
Commande la prière et l'encens comme un culte ;
Et le temple vieilli des grandes royautés,
Sans place et sans abri pour les deshérités,
Pour un convive admis au fond des sanctuaires,
Laisse croupir au seuil le flot des prolétaires !
Un roi !... Mais pour trôner dans ces mille palais,
Pour goûter loin du bruit le silence et la paix,
Pour étouffer du peuple un douloureux murmure,
Il faut par des liens, il faut par l'imposture,
Enraciner partout la domination,
Il faut dire anathème à la création ;
Car dans son cœur qui bat, dans son âme qui vibre,
L'homme sent ici-bas qu'un Dieu l'a créé libre !
Un roi !... Mais sous la pourpre au sommet du pouvoir,
Pour gouverner, il faut sentir, aimer, prévoir ;

Des œuvres à venir, à leur jour, à leur terme,
Dans le présent qui marche, il faut trouver le germe,
Et jamais la raison n'a failli tant de fois
Dans les sentiers humains, que la raison des rois !
Prévoir ! Ah ! sur l'autel de la philosophie,
Que le temps sur sa base assoit et fortifie,
Voyez le droit vainqueur, dans son large drapeau,
Présenter à tout homme un coin de son manteau.
Eh bien ! ce temple saint, cet immense édifice,
Depuis ses fondements jusqu'à son frontispice,
Pierre à pierre a grandi, jour à jour a monté,
Malgré tous les pouvoirs, malgré la royauté ;
Et le dernier combat que le dernier roi rêve,
Est d'user sur ce temple un dernier bout de glaive !
Un roi !... Mais si le peuple à ses fers échappé,
Enivré des combats qui l'ont émancipé,
Et plein du feu sacré de son âme immortelle,
Vous jure au nom du droit de marcher sans tutelle,
De déchirer partout de son bras triomphant
La robe et les hochets qu'il a portés enfant ?...
Ah ! je le sens enfin, ces rois dont le délire
Rêve notre esclavage en demandant l'empire,
Ces rois nés de la force et de l'ambition
Pour donner une entrave à toute nation,
Ces rois, pareils aux dieux que la guerre déchaîne,
Pour mieux tresser encor les nœuds de notre chaîne,
Pareils aux cultes faux que l'œil de la raison
A mille autels divers découvre à l'horizon,
Et qui pour un seul Dieu qui crée et qui féconde
Donnent dans leur chaos mille tyrans au monde ;

Ces fiers Agamemnons que des chars glorieux,
Loin des regards mortels, emportent dans les cieux,
Hommes qu'à des autels l'apothéose entraîne,
Dieux qui n'ont rien perdu de la faiblesse humaine,
N'ont jamais pu forger leur joug avilissant
Que pour brider notre âme et boire notre sang !

La Foi ?.... Si vous voulez prendre en main ce flambeau,
Le front haut, sans pâlir, déchirez le bandeau
          Qui couvre tous les tabernacles ;
Lisez au saint des saints le livre de la loi ,
Et puis sur les humains répandez sans effroi ,
          Répandez les divins oracles.

Je suis Allah, Brama, Jéhovah, Jupiter ;
Comme un anneau d'airain, comme un cercle de fer
          Mes deux bras enlacent le monde ;
Tout peuple en se levant m'implore à son berceau ;
Je descends, et toujours je prends un nom nouveau ,
          A chaque empire qui se fonde !

Et quand le joug maintient les peuples asservis,
Les prêtres, m'enfermant au fond des saints parvis,
          M'enveloppent de bandelettes ;
Et je règne au milieu du mystère et des chants,
Et la foule, en brûlant les parfums et l'encens,
          Me couvre d'or et de paillettes !

Et l'homme à deux genoux, au pied de mes autels,
Languit enveloppé de voiles éternels,
    Comme un mourant de son suaire ;
Seul, le prêtre, en ce monde, a le secret des cieux ;
Et seul il peut par moi faire briller aux yeux
    Les feux sacrés du sanctuaire !

Si l'homme révolté veut déchirer mes lois,
S'il veut contre le ciel revendiquer ses droits,
    Mes prêtres lancent l'anathème ;
Et soudain la torture, au fond d'une prison,
Au nom du Dieu vengeur, vient punir la Raison
    D'avoir murmuré son blasphème.

Et si l'orgueil étend ses profanations,
Je viens, je viens alors au sein des nations
    Semer la discorde et la guerre ;
Et la voix d'un apôtre appelle les soldats,
Et la lutte commence, et le sang des combats
    Atteste au monde ma colère.

Et l'homme alors s'abaisse, et les pieds dans le sang,
Il vient, pour confesser son orgueil impuissant,
    Humilier son front rebelle ;
Et puis je l'abandonne au prêtre, mon soutien ;
Il erre au gré du sort, car je ne lui dois rien,
    Rien...... que la misère éternelle !

La misère, c'est là son partage ici-bas!
Il descend mutilé la pente du trépas,
          Comme Satan descend l'abîme;
Et les amours, les fleurs et les bonheurs mortels,
Sont la guirlande, hélas! dont on pare aux autels
          Le front sanglant de la victime!

Les Dieux, les Rois, la Foi!... Vieille et lugubre histoire!
Mais à tous ses tyrans l'homme a cessé de croire;
Aux leçons du passé, nous ouvrons l'avenir;
Les temps sont préparés pour le dernier Messie.
Debout donc, et lançons la sainte prophétie
          Du Verbe qui va nous bénir!

Descendons, descendons au sein des multitudes;
Cessons d'aller rêver au fond des solitudes.
Poëte, abandonnons les songes décevants,
L'Alcyon dort en paix sur la rive qu'il aime,
Mais quand vient la tempête, il va mêler lui-même
          Sa douce voix au bruit des vents!

La vie, ô mes amis! n'est pas l'ombre éphémère
Qui passe et qui s'envole aux souffles de la terre,
Comme un nuage errant dans les plaines des cieux;
La vie est un trésor des rives éternelles,
Qui doit laisser tomber en divines parcelles
          Les dons que nous ont faits les Dieux!

Si nous n'avons qu'un chant, que ce cri de notre âme
Comme un écho du ciel vienne, en accents de flamme,
Allumer dans les cœurs les nobles passions!
Ainsi que Daniel, à l'heure du supplice,
Confessons fièrement Dieu, le droit, la justice,
     Dans la fosse de nos lions!

Nos lions? Ils sont là triomphants, sur nos têtes!
Crénelant leurs pouvoirs, agitant leurs tempêtes,
Et méditant encore un règne tout-puissant.
Ils sont là, tous ces rois qui n'ont su, dans leur sphère,
Qu'amoindrir nos instincts, qu'étendre la misère,
     Et nous demander notre sang!

Oui, le jour que la force inventa son entrave,
Le jour que l'un fut roi, que l'autre fut esclave,
Et que l'homme parla comme un fils de Satan,
Dieu lui jeta le mal, comme au serpent la bave,
Comme la fange à l'eau, comme au volcan la lave,
     Comme le crime à Caliban!

Et l'œil ne s'ouvrit plus que pour verser des larmes;
Et le bras ne servit que pour forger des armes;
Et l'homme couronna son joug d'iniquité;
Et pendant six mille ans, au bruit de ses batailles,
On vit l'Humanité mener ses funérailles
     Sur les pas de l'Autorité!

Qu'importe? il faut qu'un champ d'un vil fumier s'emplisse,
Et que dans ce fumier la semence pourrisse,

Pour qu'un jour, au soleil, brille la moisson d'or.
Eh bien ! voici les jours de paix et de lumière ;
Et l'homme émancipé va voir de sa poussière
        S'élever un divin trésor !

Frères, sachez-le bien : les antiques symboles,
Les dogmes sans pitié, les vieilles paraboles,
Au vent de l'avenir vont tomber en tout lieu.
Alors le prêtre en haut n'aura plus d'anathème,
Alors la foule en bas n'aura plus de blasphème,
        Et l'œil ne verra plus que Dieu !

Quoi ! partout brille aux yeux la sagesse infinie ;
Partout nous contemplons l'amour et l'harmonie ;
Et l'homme, l'homme seul, n'aurait pas son flambeau !
Non, non ! malheur, amis, au culte illégitime
Qui de la créature a fait une victime,
        Et du créateur un bourreau !

Non, non ! le Dieu qui donne à la brebis sa laine,
Au brin d'herbe la séve, aux brises leur haleine,
Ne peut au joug du mal vouer l'Humanité...
A-t-il voulu pour nous la nuit de l'ignorance,
Celui qui mit en nous l'astre d'intelligence
        Et nous inonda de clarté ?

Frères, pourquoi douter ? L'avenir se prépare :
Sur les pouvoirs détruits, le Droit luit comme un phare,

Et vient illuminer l'œuvre que nous fondons.
Le jour n'est pas levé : mais nous voyons l'aurore,
Et devant ses rayons, qui peut douter encore
        Du soleil que nous attendons ?

La guerre en frémissant brise déjà son glaive ;
L'égalité partout voit pénétrer son rêve ;
L'amour pour nous unir règne sur nos débris ;
Et la paix , mes amis, comme une bonne mère,
Apportant sa mamelle au fils de la misère ,
        Bientôt apaisera ses cris !

Et toi, qui ne vécus que pour les hécatombes ,
Toi qui languis encore au fond des catacombes,
Esclave du travail, Lazare, éveille-toi !
Des langes du sépulcre, à la voix qui t'appelle,
Viens, viens, ouvre ton âme à l'Église nouvelle
        Qui te couronne comme un roi !

Frères, nous sortirons enfin du labyrinthe.
Voyez, nous commençons partout l'hégire sainte,
Nous voyons s'agrandir les révolutions.
Écoutez : au grand jour des grandes Républiques,
Nous allons saluer par de plus saints cantiques
        Le Jubilé des nations !

FIN.

NOTES.

(1) Page VI de la Préface.
Poëtes et musiciens, avant d'accorder vos flûtes, il faut accorder
  vos âmes, etc...

Cette pensée est de Diogène le cynique, qui disait, du fond de son
tonneau : « Avant d'accorder leur flûte, les musiciens devraient
bien accorder leur âme ! »

(2) Page 18. Ah ! Dieu te venge et voici son déluge.

On sait que Béranger publia, avant la révolution de Février, une
chanson dans laquelle il prédisait le déluge des rois, et qui se ter-
minait par ce refrain :

  Les pauvres rois, ils seront tous noyés !

(3) Page 26. Et la France pouvait dévorer ses vautours
               En remettant debout ses héros des grands jours !

C'est notre conviction profonde. Nous croyons avec M. de Vau-
labelle que la France, après Waterloo, pouvait encore devenir le

tombeau de la Sainte-Alliance. Mais pour cela il fallait s'inspirer du génie de la révolution ; il fallait s'adresser au peuple, avoir confiance en lui, l'armer immédiatement, et ne pas obliger, comme on le fit à Paris, les citoyens à déposer vingt francs pour avoir le droit de porter une malheureuse pique ! D'un autre côté, il ne fallait pas de trahisons ; il ne fallait pas que la famille de Napoléon présentât le spectacle de lamentables défaillances. Grande et triste famille ! Elle est l'image de notre monde planétaire, éblouissant de clarté quand le soleil l'éclaire, mais roulant obscurément dans les ténèbres, quand le soleil s'en va !

(4) Page 38. *Vit la victoire un jour couronner un haillon !*

On se rappelle qu'après la prise des Tuileries, en 1830, le peuple plaça sur le trône de Charles X un cadavre couvert de haillons ensanglantés.

(5) Page 42. *Gagner le pain de vie et soutenir son corps.*

Dans la *Revue des Deux-Mondes* (1er février, 1848), M. Michel Chevalier a établi que la moitié du peuple français n'a pas la nourriture suffisante au gré de l'hygiène.

(6) Page 46. *Mort aux fous niveleurs ! Mort, mort aux Commu-*
[nistes !

Nous ne faisons que traduire ici la contradiction qui ressort de la politique de tous les gouvernements. Si le progrès fait appel à l'État, vite on crie au communisme ; si le progrès fait appel à la liberté, vite on enfourche l'hippogriffe de l'anarchie. Voilà pourtant le double pivot sur lequel repose la politique européenne !

(7) Page 50. L'homme n'est qu'un roseau, mais un roseau
[pensant !

Cette pensée est de Pascal. Les hommes qui prêchent les idées
de force et de violence devraient relire ce sublime auteur, pour
trouver la condamnation de toutes leurs folies.

(8) Page 53. Égalité des biens que le ciel nous délivre.

C'est aujourd'hui un point incontestable et incontesté, que l'É-
vangile, appliqué dans toute la rigueur de ses principes, conduit au
régime de la communauté.

(9) Page 58. Que deux gouffres ouverts : La Morgue et le
[trottoir !

Nous avons connu à Paris des ouvrières qui gagnaient, dans une
journée de douze heures de travail, la somme de quarante cen-
times ! Nous voudrions bien savoir par quels arguments nos Pan-
gloss soutiennent de pareilles iniquités.

(10) Page 108. Qui fait peser sur toi l'éternelle misère.

Nous n'exagérons rien. Des polémiques récentes ont montré
tout ce qu'il y a de désespérant dans le dogme catholique. Les
idées de M. de Montalembert triomphent, et l'évêque de Chartres,
en réponse au mandement de M. Sibour, n'a pas craint d'avouer
ouvertement, en parlant de la misère : « *Des hommes plus sen-
sibles et plus éclairés que vous ont reconnu ce désordre apparent
et n'ont pu le réformer. Pourquoi ? Parce que cela est impossible.*

Oui, cet état est l'oeuvre de la sagesse éternelle qu'il faut justifier. » N'est-ce pas le cas d'appliquer à la religion le mot de madame Roland, et de s'écrier : O religion ! que de crimes on commet en ton nom !

(11) Page 117. C'est le pré des Martyrs.

Il est clair que nous ne faisons que rappeler ici la dénomination consacrée dans le pays. Des Français trouvant la mort en conduisant les armées étrangères contre leur patrie, ne seront jamais pour nous des martyrs.

TABLE.

# # Pages

Pages